紅髮女子

諾貝爾文學獎得主帕慕克
創作40年再現精湛小說技藝之最新力作

奧罕・帕慕克——著
顏湘如——譯

Kırmızı Saçlı Kadın（The Red-Haired Woman）by Orhan Pamuk

目次

導讀

別忘了，你父親也一直想當作家

文／元智大學藝術與設計學系教授　阮慶岳

二〇〇六年帕慕克獲得諾貝爾文學獎，得獎評語這樣寫著：「在追尋故鄉的憂鬱靈魂中，發現文化衝突跟交疊的新表徵。」

確實，帕慕克一部接著一部的小說，都是對於近世代東西方文化相互遭逢，尤其像是土耳其這樣有著悠久文明的第三世界國家，在面對西方第一世界現代性優勢的衝擊時，各樣因此而生的撼動與改變的描述。加以帕慕克生長於歐亞交界的伊斯坦堡，從小就受到良好的歐洲文化教育，某種因之身分認同的惚恍與自疑，以及追尋故鄉何在的憂傷，交織激盪在他綿密華麗的書寫裡。

（本文涉及部分劇情，請斟酌閱讀）

在最貼近這樣交織處境的《伊斯坦堡》裡，帕慕克描述伊斯坦堡這個城市，作為輝煌榮光的鄂圖曼帝國廢墟遺址，以及東西文明近世代相傾軋的戰場，自身與他者間曖昧難自明的身分表徵，如何讓帕慕克的生命歷程，有著無法確立觀看位置點的惚恍模糊，而近世代西方文明強勢介入，與伊斯蘭教義派的快速興起，都加添這座城市恩怨情愁的複雜性。

西方與東方、現代與傳統——帕慕克最念茲在茲的主題

對於承襲鄂圖曼帝國傳統的現代土耳其文明與文化，究竟該何去何從的探討，在小說《紅髮女子》裡，有著清晰直視的對決展現。帕慕克藉著希臘神話《伊底帕斯王》的弒父／亂倫情節，以及土耳其的民間傳說《君王之書》，流離王子死於不知互為父子真相的國王之手，直接將逼近道德底線的弒父（西方個人主義者的暗示）、弒子（威權亞洲父親的暗示）與母子亂倫（亂倫才能生出賢者的傳說），以近代土耳其歷史作為演出

舞台，直接攤露我們的眼前。

小說用相對明朗輕快的節奏進行，然而敘述裡依舊處處見到帕慕克最擅長的二元性與雙重身分手法，反覆探討著他最念茲在茲關於傳統與現代、西方文明與東方文明、現代性與伊斯蘭教信仰、理想與現實的處處征戰。譬如小說主角「我」本想成為作家，卻終於成了地質工程師和承包商，而有著現代改革者理想情懷的激進左派父親，因為政治迫害與私人戀情，也終於離棄妻子的消沉以終，「我」則陰錯陽差「錯殺」了父親般對待自己的掘井師傅，並不明究理地與父親當年的舊情人（紅髮女子），在一夜歡愉後暗結珠胎，甚至自己還在三十年後，被這個來相認的親生兒子所誤殺。

小說到最後父子相會，發覺彼此間巨大的差異，兒子甚至質問父親當年為何把「師傅丟在這口無底深井內」，鄙夷他因此顯露人格中所缺乏「信徒的良知」，並語帶批判地對這個父親說：「我們富裕、西化的階級人士太執著於個人主義，甚至忘了怎麼做自己，更遑論怎麼當一個人。這些西化的土耳其人自負到不信神，一心一意只在乎個人特質。」

三代父子的逆途人生，分別從懷抱著理想的左派激進父親，與同時存在那位相信傳統「以針掘井」的老師傅，到自己棄絕初衷並缺乏勇氣地投靠到商業資本價值的生命觀，以及兒子成為投身宗教的狂熱份子，一起譜出來土耳其過去半個世紀，近乎展演弒父、弒子與亂倫的世代演變，帕慕克的哀嘆與凝視，清晰地以神話故事託寓地鋪展出來。

這嘆息有著濃濃的宿命氣息，也就是小說中所哀嘆「人生偶爾會有模仿神話與寓言的傾向」，彷彿淪為千百年前已然預見的悲劇現實，無論多麼悲傷不忍，都只能承受吞嚥下去。作為隱身全書也串連整本小說情節的紅髮女子，全程目睹這一切的悲劇發生，明白完全無力阻擋，就只是表示：「宇宙的邏輯取決於母親的淚水。」讓人見到某種母性的愛與命運救贖的微弱無力。

若回到文學來看，全書的結構與發展主要切成兩部分，前段是開展與追尋的漫遊成長，後段則是回返與復仇的歷程。前段描述年輕的我，對於文學、父親與愛情的純淨嚮往，優美的文字與舒緩的調性，讓我們嗅聞到普魯斯特優美又哀傷的氣味。猶如我曾經的描述：「是的，當帕慕克意圖要迷人時，是十分難於抗拒的，他像人人憐惜的純美哀傷男孩，可以唇齒喃喃不斷吐露無花果般的芳香語句，意象閃爍跳躍如眼中盈盈欲出的淚珠；同時間裡卻又小心翼翼如世故的說書人，置身事外凝望著自己，聰明機智地想著再下來故事的合理性，詩意中暗藏著某種惶惶的聰敏與不安。」

當然，帕慕克畢竟不是普魯斯特，他們各有自己的理想世界要面對與建構。帕慕克沒有如普魯斯特那樣，堅持讓自己全然停留在單一隔離時空的世界觀裡，而不斷地躍入躍出於宏觀與微觀、自我世界與外在現實、此刻與歷史間，也就是在自己內在感性自由流淌的同時，會不時顯得理智地拉遠眺看全局走向，讓外在的現實鋪陳與內在的感性竄流，同時雙向並走。

後段的小說鋪陳，全然逆反前段漫遊與探險的浪漫性格，轉成不管在語意與敘述上，都帶著理性的迷局破解態度，有一種想回歸與尋求家園何在的辯證急切，以及生命終究困於神話詛咒的哀嘆。基本上，帕慕克並不喜歡如此存有的世界，甚至還有些失望與憤怒，即令最後紅髮女子的現身說法，也難掩帕慕克這樣深沉的失落情緒。

作為框架的神話引用

《紅髮女子》另外會引人思索處，是對於神話框架的絕對引用，讓某種無可逃脫的宿命氣息，瀰漫籠罩小說首尾。帕慕克擅長於對典故與隱喻的運用，但是會選擇全然以神話為框架，或許是另有話語想要表示吧。首先，神話當然可以被視作為現代性的相對立者，李維史陀在《神話與意義》，就對於理性主導的線性史觀，提出他的批判與質疑：

「如果我們嘗試像讀一本小說或一篇報紙上的文章，一樣地去讀一則神話，也就是一行接一行、從左到右地讀，我們一定讀不懂這則神話。因為我們必須將它當成一個整體來把握，並且發現這則神話的基本意涵，並不是透過事件的序列來傳達的，而是透過一堆事件來傳達的，即便這些事件在整個故事中出現於不同的時刻。」

也就是在不同的時間裡，所發生的一堆不相干事件，最後竟然構成了歷史的真實整體，於是赫然明白「人生偶爾會有模仿神話與寓言的傾向」。這樣以殘存的神話或鄉野傳奇為本的小說寫作，一度吸引第三世界的寫作風潮，這其中自然隱含著對第一世界的炫奇展示，與藉之取悅並得到肯定的意味；而帕慕克的神話引入，是更宏大與自信的思索，將不同文化體系下的神話並置，更只是陳述共同命運的不可脫逃與制約，以及人類終將同歸於神話的文明預視，因為神話或才是所有戲劇背後的真正導演。

殺父弒子——流離的返家漫遊

小說對於理想的漫遊探尋，以及終於失望與幻滅，讓我想到帕慕克《新人生》的青年奧斯曼，他因為讀了本奇特的書，決定隨著書的指引，踏上一個追尋愛、快樂、新世界與新人生的旅程，並在經歷各樣離奇殊異的過程後，決定回到最初所拋棄的舊人生，卻以目睹自己發生車禍來告終。

《紅髮女子》與《新人生》的漫遊與離家，容易令人聯想到荷馬的史詩《奧德賽》，以及許多創作原型的「浪子回家」故事。這樣的離家與漫遊，除了對土耳其當今處境的批判外，自然也是對於此刻的世界，依舊被未知世界（譬如現代性）吸引，而毅然想與過往一切斷離的憂慮。

帕慕克的故事鋪陳，用隱諱繁複的象徵手法，設下一個接一個待破解的謎語，像個迷人的魔法師或說書人，並以精采生動的故事情節，將讀者五里霧般引入他的小說世界。帕慕克常從私己微觀的觸探裡，逐步浮現茫然灰濛濛的龐大世界，引讀者深思現實世界裡未明的矛盾與苦難。

《紅髮女子》除了延續著《新人生》相對明快流暢的敘事風格，再加上弒父、弒子與亂倫等情節的交織，更敢於直視與梳理土耳其此刻社會現狀，批判、憂慮與預言的姿態皆有。但是，帕慕克罕見地讓紅髮女子用帶著期待的態度，在小說結局對弒父入罪的兒子說：「當然了，你的小說要怎麼開頭你最清楚，但我認為應該要既真誠又神祕，就像我在表演結束時的那段獨白。你的小說應該要像真人真事一樣可信，還要像神話一樣讓人覺得熟悉。……別忘了，你父親也一直想當作家。」

也許帕慕克想對自己與世界說的話，更是：是的，父親一生所未竟的初衷，即令入獄的兒子，也是可以承續下去的。

「伊底帕斯，弒父娶母，伊底帕斯，解答了司芬克斯之謎！這宿命行為的神祕三部曲，代表了什麼呢？古代，尤其是波斯民間，流傳著一種說法，認為只有亂倫才能生出賢明的僧侶。」

——尼采《悲劇的誕生》

「伊底帕斯：何處能覓得這舊日罪行的蛛絲馬跡？」

——索福克勒斯《伊底帕斯王》

「無父無子之人，得不到任何人的擁抱。」

——費爾多西《君王之書》

第一部

一

我原想當作家。但在我即將敘述的事件發生後，卻念了工程地質學，並成為營建商。儘管我現在將事情說出，也請讀者不要認定此事已經結束，我已將它拋諸腦後。我愈是回想，便陷得愈深，或許各位也會受到這個父與子之謎所誘，隨我一起陷落。

一九八四年，我們住在貝敘塔希區深處的一棟小公寓，離十九世紀鄂圖曼帝國的厄赫拉莫宮不遠。父親開了一間小藥局叫「哈亞特」，這個名字的意思是「生命」。藥局每星期有一天是二十四小時營業，父親值晚班，到了這一天，我會替他送晚餐過去。我喜歡待在那裡，高瘦英俊的父親在收銀機旁用餐時，我便盡情地呼吸著空氣中的藥味。如今過了將近三十年，即使已年屆四十五，我依然深愛那些擺滿木抽屜與櫥櫃的老藥局氣味。

生命藥局的生意並不特別興隆，晚上，父親會利用當時十分流行的手提式小電視機消磨時間。有時候他一些思想左傾的朋友會到店裡來，我到的時候總會發現他們在低聲交談，一看見我立刻轉換話題，說我就跟父親一樣英俊迷人，問我讀幾年級、喜不喜歡上學、以後長大想做什麼。

我遇見父親那些談政治的朋友時，他顯然不太自在，因此他們來的時候，我從不逗留太久。一找到機會，我便帶著他的空餐盒，從懸鈴木與蒼白街燈下走路回家。我知道絕不能告訴母親在店裡見到父親的左派友人，因為那只會讓她對那群朋友生起氣來，並擔心父親闖禍，很快又會再次失蹤。

不過父母親爭吵也不完全是為了政治。他們常常很長時間不和對方說一句話，也許是不相愛吧。我懷疑父親受到其他女人吸引，也有許多女人受他吸引。有時候母親會公然暗示他有情婦，連我都聽得出來。父母的爭執太教人心煩，我會強迫自己不去記住或多想。

我最後一次替父親送晚餐到藥局是在我剛上高中不久，一個尋常的秋夜。我到的時候他在看電視新聞。他在櫃台邊吃晚飯時，我招呼了兩個客人，一個要買阿斯匹靈，一個買了維他命C錠和抗生素。我把錢放進舊式收銀機，抽屜關上時會發出悅耳的叮鈴聲。他吃飽後，我臨走前又看了父親最後一眼，只見他站在門口對著我微笑揮手。

第二天早上他始終沒有回家。下午我放學回家，母親告訴我的時候，哭過的眼睛還腫腫的。父親是被人從藥局帶到政治事務局去了嗎？他會受到打腳底板和電擊的酷刑。這已不是第一次。

他第一次遭到軍人逮捕是在多年前，軍事政變的那天晚上。母親震驚不已。她跟我說父親是英雄，要我以他為榮。直到父親被釋放為止，她都和藥局助理馬吉特一起輪值夜班。有時候我自己也會穿上馬吉特的白袍，只不過當時的我當然是如父親所願，準備長大後當科學家，而不是藥局的小助理。

七、八年後父親再度失蹤時，情況便不同了。他在將近兩年後才被放回來，但母親似乎已不在乎他被抓走，受到嚴刑逼供。她對他感到憤怒。「他到底想怎樣？」她說。

因此父親最後一次失蹤也是一樣，母親似乎認命了，既沒有提到馬吉特，也沒有提到藥局該怎麼辦。我於是心想：父親不一定是因為同樣的理由失蹤。然而，所謂內心的想法究竟是怎麼一回事呢？

那個時候我已經知道內心的想法有時以文字，有時則以影像呈現。有些想法，例如在傾盆大雨中奔跑的記憶與感覺，我根本無法訴諸言語……但心裡卻有清晰的影像。而有些事能以文字描述，卻反而無法想像，例如黑色的光、母親的死、無窮無盡。

或許因為我還小，可以摒除擾人的念頭。但有時候則恰恰相反，怎麼樣都無法將某個影像或某個字詞逐出腦海。

有很長一段時間，父親音訊全無。有時候我會想不起他的模樣，感覺就好像燈熄了，四周一切隨之消失。有一天晚上，我獨自往厄赫拉莫宮的方向走去。生命藥局用一副沉重的黑色掛鎖鎖上，彷彿永久停業似的。一陣薄霧從宮殿花園飄了出來。

後來有一天，母親對我說父親的積蓄和藥局都不足以養活我們。我本身除了看電影、買烤肉三明治和漫畫書之外，沒有其他開銷。為了上喀巴塔什高中，我都是徒步上下學。我有一些朋友偷買了二手漫畫書來出售或出租，但到了週末，我不想像他們那樣，在偏僻巷弄和貝敘塔希區的電影院後門邊，耐心等候顧客上門。

一九八五年夏天，我到貝敘塔希購物街上一間名叫「第尼茲」的書店打工，主要的工作是驅趕潛在的小偷，多半都是學生。偶爾，第尼茲先生會開車載我到佳羅律去補貨。老闆愈來愈喜歡我，因為他留意到我記住了所有作者與出版商的名稱，他還把書借給我回家看。那年夏天，我看了許多書，包括童書、朱勒．凡爾納的《地心探險記》、愛倫．坡的小說、詩集、關於鄂圖曼戰士冒險征戰的歷史小說，還有一本關於夢想的書。最後這本書中的一段文字，就此改變了我的一生。

當第尼茲先生的作家朋友到店裡來，他開始向他們介紹說我是個胸懷大志的作家。當時我已經開始懷抱這個夢想，而且一時不留神，愚蠢地向他坦白。於是在他的影響下，我很快便認真看待起這個夢想。

二

有一天放學後，我彷彿心有所感，來到父母臥室的衣櫥與抽屜前，結果發現父親的襯衫等所有衣物都不見了，房裡只剩他的菸草味與古龍水味。我和母親從未提起過他，他的形貌已漸漸從我內心淡去。

母親逐漸成為我的忠實朋友，雖然仍免不了將我決心投入寫作的決定視為玩笑。首先，我必須得申請到好的大學。為了準備入學考試，我需要賺到夠多錢去補習，但母親並不滿意書店老闆給我的待遇。高二升高三的暑假，我們從伊斯坦堡搬到蓋布澤。姨媽姨丈住在蓋布澤，我們就寄宿於他們花園裡加蓋的偏屋。姨丈會給我一份工作，我算了一下，如果前半個暑假做這份工作，七月底就能重回貝敘塔希的第尼茲書店打工，一面補習。第尼茲先生知道不能繼續住在貝敘塔希令我多難過，他說只要我願意，隨時可以在書店過夜。

姨丈安排讓我到蓋布澤郊區，替他看守櫻桃園和桃子園。我看見我的工作崗哨（亭子底下一張搖搖晃晃的桌子），還以為有很多時間可以坐著看書，但是我想錯了。當時正值櫻桃季，有大群聒噪而大膽的烏鴉蜂擁到樹上來，還有大批的小孩和隔壁工地的建築工人，老是企圖偷採。

果園旁邊的花園裡正在挖一口井。我偶爾會過去看師傅用鐵鍬和鶴嘴鋤掘井，兩名學徒則負責將他挖的土拉上來清理掉。

學徒轉動著附在木製絞盤上的兩根曲柄，在絞盤咿咿呀呀的吟唱聲中，拉起一桶又一桶的泥土倒進推車裡。較年輕的那個與我年紀相當，他負責去倒掉推車的土，而年紀較大、身材較高的學徒則會大喊「來囉！」同時將桶子丟回給師傅。

白天裡，掘井師傅幾乎都不露面。我第一次看到他，他正在午休抽菸。他長得高大、修長，面貌英俊，很像我父親。但父親天生性情溫和、開朗，這位掘井師傅卻是暴躁易怒，不時斥罵學徒。我心想被人看見自己挨罵，他們可能會覺得尷尬，因此師傅一出井，我便會迴避。

六月中旬某一天，我聽見他們那邊傳來開心的叫喊聲與槍聲，便過去一探究竟。井裡湧出水來了，來自里澤的地主聽到這個好消息也趕了過來，高興地對空鳴槍以示慶賀。空氣中瀰漫著迷人的煙硝味。地主依慣例給挖井師傅與學徒發了賞金與禮物。有了這口井，他便能在自己的土地上進行各項預定的建築工事，因為蓋布澤的輸水管線尚未遍及郊區。

接下來幾天，都沒聽到師傅對學徒大吼大叫。有一天下午，一輛馬拉的貨車載來幾袋水泥和一些鐵條，挖井師傅著手用混凝土打造井壁，然後蓋上金屬蓋。由於大家現在心情好得多，我便更常和他們待在一起。

有一天我走到井邊，以為沒有人在。瑪穆特師傅忽然從櫻桃樹與橄欖樹間出現，手裡拿著他安裝在抽水機上的電動馬達的一個零件。

「你好像對這個工作很好奇啊，小伙子！」

我想到了凡爾納小說中，從世界這一頭進去、從另一頭出來的那群人。

「接下來我要去伊斯坦堡西邊郊區的庫丘徹梅契挖另一口井。這兩個孩子不做了。你要跟我去嗎？」

見我猶豫不決，他解釋說如果做得好，挖井學徒的待遇可是果園守衛的四倍。而且十天就能完工，我很快就能回家。

「我絕對不會答應！」那天晚上我回家後，母親這麼說：「你不能去挖井，你要上大學。」

但那個時候，賺快錢的念頭已在我心裡深深扎根。我不斷地告訴母親，我只需兩星期就能賺到在姨丈果園工作兩個月的收入，那麼就能有充分的時間準備大學考試、上補習班、看所有我想看的書。我甚至出言威脅：

「妳要是不讓我去，我就逃家。」

「孩子想努力工作賺錢，就別潑他冷水。」姨丈說：「關於這個挖井師傅，我去打聽一下。」

姨丈是律師，他在他位於市政廳的辦公室安排母親與掘井師傅碰面。我不在場的情形下，他們三人談定了不會讓我下井，而會由另一名學徒負責。姨丈告知日薪之後，我便用父親的舊行李袋收拾了幾件襯衫和一雙體育課穿的橡膠底鞋。

出發那天下著雨，似乎怎麼也等不到皮卡貨車預定要來接我前往工地的時間。我們待在屋頂會漏水的單間客房裡等候，母親哭了幾回。我還是沒有改變心意嗎？她會很想我的。沒錯，我們現在是沒錢，但也不至於要這麼做。

我抓起行李，擺出和父親受審時同樣高傲的表情走出屋外，並用揶揄的口氣說：

「別擔心，我絕對不會下井的。」

小貨車在高聳的舊清真寺後面的空地上等著。瑪穆特師傅手裡夾著菸，面帶微笑看著我慢慢走近，一面評鑑我的穿著、走路方式與袋子，像個學校教師一樣。

「上車吧，該走了。」他說。我坐在他和司機中間，司機是委託鑿井的商人海利先生派來的。車子開了一個小時，我們都沒說話。

穿越博斯普魯斯橋時，我望向左邊的伊斯坦堡，喀巴塔什高中的方向，看能不能認出貝紋塔希區的任何一棟建築。

「別擔心，不會太久的。」瑪穆特師傅說：「你會來得及回去上補習班。」

我很高興母親和姨丈已經將我掛念的事告訴他，讓我覺得可以信任他。一過了橋，就塞在伊斯坦堡的車陣中，因此離開市區時，太陽已經西斜，灼熱的陽光刺得我們睜不開眼。

雖說是離開市區，但我不想造成讀者混淆。在那個年代，伊斯坦堡的人口不像現在有一千五百萬，而是只有五百萬。因此一出舊城牆，住家就變得較少、較小也較窮，四周零星點綴著工廠、加油站與偶爾出現的一間旅館。

我們沿著鐵軌開了一陣子，夜幕低垂時才轉移方向。此時已經過了畢于克徹梅契湖。我看見一些柏樹、墓園、混凝土牆、大片空地……但多數時候，什麼也看不見，不管多麼努力辨識，也看不出身在何處。我們看見一些住家的窗戶發出橘色亮光，窗內人家正坐著吃晚飯，我們也看見亮著霓虹燈的工廠。我們開上一座小山。遠方的閃電照亮天空，但我們經過的荒涼土地似乎沒有一絲亮光。偶爾會有一道神祕光線照出綿延不盡的荒野，光禿禿、杳無人跡的土地，但轉瞬間便又沒入漆黑中看不見了。

最後我們終於停在這片空曠中的某處。我看不見光或燈或房屋，因此以為舊貨車拋錨了。

「幫個忙，把這個卸下來。」瑪穆特師傅說。

車上有木材、絞盤零件、鍋碗瓢盆、塞在粗糙塑膠袋內的工具設備，還有兩個床墊用繩子綁在一起。司機臨走前說了一句「祝好運，願神與你們同在」，當我發覺到四周黑暗的程度，不由得緊張起來。遠遠地又閃現一記電光，但我們背後的天空清朗，繁星明亮閃爍。更遠處，依稀可以看到伊斯坦堡的燈光從雲端反射下來，猶如一片黃霧。

雨後的地上還溼溼的，四下到處有小片小片的積水。我們在那片廣闊平地上找到一處乾的地方，把東西搬了過去。

瑪穆特師傅開始用木杆搭帳篷。但是搭不成，因為要用來拉的繩子和用來打進土裡的小釘子，都在黑夜中丟失了，我的靈魂頓時被一片黑暗的恐懼層層包覆。「拉這個，不是那邊。」瑪穆特師傅盲目地喊道。

有隻貓頭鷹在咕咕叫。我心想真有必要搭帳篷嗎？雨都停了。但瑪穆特師傅的毅力令我敬佩。沉重發霉的帳篷布不肯乖乖就定位，不停翻摺對蓋或是蓋在我們身上，就像黑夜一樣。

等我們好不容易搭起帳篷、鋪好床墊，早已過了午夜。夏日雨雲散了，取而代之的是一片星光燦爛的夜。附近一隻蟋蟀的唧唧聲安撫了我，我躺到其中一個床墊上，立刻就睡著了。

三

醒來時，帳篷裡只有我一人。有隻蜜蜂嗡嗡飛鳴。我起床走到外面，太陽已高掛空中，光線刺痛我的眼睛。

我站在一片廣大的高原上。左手邊，東南方，土地往下延伸向伊斯坦堡。遠方有玉米田，一片嫩綠、淺黃，另外還有麥田，也有滿是石塊又乾燥的不毛之地。我看得見附近一座城鎮的屋舍與一間清真寺，但因為有座小山遮住視線，看不出聚落的大小。

瑪穆特師傅到哪去了？號角聲隨風傳來，我這才發覺小鎮後方那些灰撲撲的建築想必是軍營。軍營再過去，很遠的地方，有一排紫色山脈。一時間，整個世界似乎染上了回憶的沉默色彩。我很高興來到這裡，也準備好要自食其力，遠離伊斯坦堡、遠離任何人。

一列火車鳴笛穿越過小鎮與軍營間的平野，看似朝歐洲方向前進。列車先悄悄接近我們這個空曠的高原區，然後緩緩蛇行離開，進站後停下。

我看見瑪穆特師傅從鎮上回來。他起先沿著大路走，但很快便抄捷徑，徒步穿過麥田與小塊小塊的光禿土地。

「我帶了一點水回來。」他說：「來吧，給我泡杯茶。」

我忙著用可攜式瓦斯爐煮茶時，地主海利先生來了，開的正是前一晚載我們來的那輛皮卡貨車。有個年紀比我稍長的年輕人，從後車斗跳下來。我從他們的談話得知，在蓋布澤找的另一名學徒在最後一刻反悔，因此改由這個為海利先生工作、名叫阿里的年輕人加入我們，在必要時進入井內。

瑪穆特師傅和海利先生在這塊地上來來回回走了許久。整塊地的面積超過一公頃，有些地方完全光禿，有些則覆蓋了石頭和草。一陣微風從他們的方向吹來，即使他們已到達最遠的角落，仍然聽得見他們在爭吵。我慢慢往他們所在處靠近。海利先生是個布商，他想在這裡蓋一間布料洗染工廠。大規模的成衣出口商在這方面的需求很大，但是過程需要大量的水。

這塊地既沒有水也沒有電，幾乎沒花海利先生半毛錢。如果我們能替他找到水，將會得到豐厚報酬。他在政界的朋友會安排鋪設電力管線。到時海利先生會建造一座複雜的現代化工廠（他已經讓我們看過藍圖），有染布工坊、洗布房、倉庫、一棟小辦公室，甚至還有餐廳。瑪穆特師傅聽著海利先生的宏大願景，顯露出興致高昂的共鳴，但事實上他和我一樣，主要感興趣的還是一旦找到水以後可能獲得的禮物與金錢。

「願神與你們同在，願祂的力量灌注於你們的手臂，祂的視野開啟你們的眼睛。」海利先生說得好像一個鄂圖曼將軍準備送軍隊出發，去執行某項偉大任務。當貨車漸漸駛出視線外，他還從車窗探身向我們揮手。

那天晚上，瑪穆特師傅的鼾聲吵得我睡不著，於是我把頭躺到帳篷外。看不見鎮上的燈光，天空也一片暗藍，但星光似乎將宇宙變成一種金黃色調。我們就這樣高踞在一顆懸浮於太空的巨大柳橙上，試圖在黑暗中入睡。看來我們不但沒有仰望企及燁燁星光，反而決定鑽探我們睡躺的土地，這樣對嗎？

四

那個時候，土壤探測儀尚未普及。數百年來，掘井人都單憑直覺尋找地下水，猜測挖掘地點。老師傅們會叨叨絮絮地傾囊相授，瑪穆特師傅對其中幾位的詳盡闡述爛熟於心，可是當他們拿起叉棍，在一塊土地上晃來晃去，一面喃喃地祈禱、念咒，他便會無視這些古怪行為。但他畢竟知道這是一門流傳了數千年的技藝，而他則是這門技藝的末代傳人，因此他對自己的工作抱著謙卑的態度。他告訴我：「你必須找暗沉、潮溼的黑土。你必須找較低層的土地，布滿碎石、石頭的地面，上下的斜坡，有陰影的地方，再用手摸摸下面有沒有水。」他急著教我訣竅。「看到有樹和植物的地方，土壤就會暗沉潮溼，懂了嗎？不過要看仔細，別被騙了。」

因為土分很多層，就像天界有七層一樣。（有些夜裡，我會仰望群星，去感覺在我們底下的黑暗世界。）兩米深的肥沃黑土底下，可能隱藏著一層類似壤土、不透水、極度乾燥的劣質土壤或砂土。在土地上踱步尋找挖井地點的老師傅們，必須譯解土壤、草葉、昆蟲與鳥的語言，並偵測出腳底下的石頭或泥土傳達的訊息。

這些特殊技能讓某些掘井的老師傅深信自己也像中亞的薩滿巫師一樣，擁有超自然的力量與超感知覺的天賦，能夠與地下神祇和精靈溝通。記得我小時候聽過父親嘲笑這種傳聞，但那些希望以廉價方式找到水源的人卻想要相信他們。我還記得住在貝敘塔希較貧窮街區的人，要決定院子裡的掘井地點時，都會求助於這種占卜方式。我就親眼看過掘井師傅蹲在爬滿蔓生植物還有母雞到處啄食的後院裡，傾聽土壤的聲音，老人家與中年婦人對待他們的崇敬神情，通常只會在為自家孩子聽診的醫生面前流露出來。

「要是順利的話，應該頂多兩個星期就能完工。我可以在十到十二米深的地方找到水。」瑪穆特師傅第一天就這麼說。

他跟我說話比跟阿里自在，因為阿里是地主的人。我喜歡這種感覺，也因而覺得這口井是我們共同的計畫。

第二天早上，瑪穆特師傅選定了他要挖的地點。地主的工廠計畫中預想的位置根本不是在這裡，而是在這塊地的另一頭，差了十萬八千里。

由於從事政治活動之故，父親養成了保密的習慣，凡是做任何重要事情，他從不會找我一起或詢問我的意見。可是瑪穆特師傅會滔滔不絕、鉅細靡遺地談論這塊地的艱難之處，當他為了挖掘地點傷腦筋，也會毫無顧忌地與我分享他的推斷。這一點令我深感滿足而愉快，也拉近了我們之間的距離。然而，到了下決斷的時刻，他的思緒會再度內斂，最後也沒有找我商量或作任何解釋便選定了地點。這是我頭一次意識到瑪穆特師傅如今對我的影響力，因此即使很享受他對我展現的愛與親密感（這是我在父親身上從未感受到的），卻也因此開始憎恨他。

瑪穆特師傅在選定的地點動了土。但在不斷來回走動、幾經思考後，為何選擇這一處呢？這裡和其他地點有何不同？如果在這裡用鶴嘴鋤不斷往下挖，最後一定能找到水嗎？我很想問他這些問題，卻也知道不能問。我還是個孩子，而他既不是朋友也不是父親，他是我的師傅。只是我覺得他像個父親罷了。

他拿了一條繩子，一端綁著一把鏟子，另一端綁著一根尖釘。他告訴我們，繩子有一米長。在井底下石牆行不通，他必須以混凝土建造井壁，混凝土牆得有二十到二十五公分厚。他將繩子拉緊，鏟子豎在中心，用釘子在地上做記號，畫出一個直徑兩米的圓圈。我和阿里小心地將記號連接起來，圓圈隨之成形。

「井的圓圈必須畫得非常精準。」瑪穆特師傅說：「只要出一點差錯，只要圓弧出現一點直邊，整口井就會崩塌！」

這是我第一次聽到井會崩塌這個可怕的可能性。我們開始在圓圈內動工。我用鶴嘴鋤幫忙師傅挖土，沒挖的時候，就把挖鬆的土搬到阿里的手推車上。但我們兩人合力也幾乎趕不上師傅的速度。「如果你不要把車裝得那麼滿，我就可以快點倒完土回來。」阿里上氣不接下氣地說。我們倆很快就累得慢了下來，但瑪穆特師傅仍毫不懈怠地揮動尖鋤，很快地他敲下的石塊開始堆積在井邊。每當石塊堆得太高，他就會放下工具，跑到橄欖樹下抽菸，等我們趕上來。第一天開工兩、三個小時後，我和我的學徒同伴便已經領悟到，我們頂多只能努力地跟上瑪穆特師傅的速度，並迅速而絕對地服從他的指示。

在烈日下挖掘一整天讓我精疲力竭。太陽下山後，我直接就倒頭呼呼大睡，連喝一碗扁豆湯的力氣也沒有。握著鶴嘴鋤的雙手都起了水泡，頸背也被曬傷。

「你會習慣的，小少爺，你會習慣的。」瑪穆特師傅說這話時，兩眼直盯著他調了老半天才接收到訊號的小電視。

他或許是在揶揄我吃不了苦，但聽到他喊我「小少爺」，我覺得很開心。這三個字告訴我，師傅知道我們家人是有教養的都市人，也就是說，他會像個父親一樣照顧我，不會讓我承擔更辛苦艱鉅的工作。這個稱呼讓我覺得他在乎我，關心我的人生。

五

聚落離我們的井十五分鐘腳程。根據入口處藍色指標上的巨大白字顯示，這座小鎮名叫恩戈蘭，居民六千二百人。經過兩天不停地挖了兩米深後，我們第二天下午停工休息，到恩戈蘭去補貨。

首先阿里帶我們去找鎮上的木匠。已經挖了超過兩米，再也無法徒手將土鏟出，因此和所有的挖井人一樣，我們也得搭一個絞盤。瑪穆特師傅用地主的貨車運來一些木材，可是不夠用。當他解釋我們的身分與目的，好打聽的木匠便說：「喔，你是說上面那塊地啊！」

接下來幾天，每當我們從「上面那塊地」來到鎮上，瑪穆特師傅都會特地去找木匠、找賣香菸的雜貨店老闆、找戴眼鏡的菸草店老闆，還有營業到很晚的五金行老闆。在挖了整天土之後，我最大的樂趣就是晚上陪瑪穆特師傅到恩戈蘭，跟在他身旁到處溜達，或是坐在松柏樹下的小板凳上，或是坐在某間咖啡屋的露天桌旁，又或是坐在某間店的門口台階上或是火車站內。

慘遭軍人蹂躪是恩戈蘭的不幸。二次大戰期間，有一支陸軍營隊被派駐在此，為伊斯坦堡抵禦經由巴爾幹半島入侵的德軍，與經由保加利亞入侵的俄軍。這個目的與營隊本身，都很快便遭人遺忘。但四十年後，這個部隊依然是鎮民的最大收入來源，也是他們的噩夢。

鎮上大多數商店都是賣明信片、襪子、電話代幣與啤酒給休假士兵。有一段路，當地人稱為「餐車巷」，兩旁各種小吃店與烤肉店林立，主要顧客同樣也是軍人。這些店四周環繞著糕餅店與咖啡屋，白天（尤其是週末）擠滿軍人，可是一到晚上，這些地方淨空後，恩戈蘭截然不同的一面也隨之浮現。提高警覺在這一區巡邏的憲兵，除了取締喧鬧的平民百姓或聲量太大的音樂廳以恢復平靜之外，還得擺平陸軍士兵的狂歡吵鬧、制止小兵之間的鬥毆。

三十年前，軍營規模還要更大的時候，這裡開了幾家旅館為軍眷與其他訪客提供住宿，但後來與伊斯坦堡間的交通聯繫改善了，如今這些地方大多都沒客人上門。第一天帶我們在鎮上到處逛的時候，阿里解釋說有些旅館已經改為半祕密的妓院，全都位在車站廣場上。我們馬上就愛上這個廣場，這裡最值得自豪的有一尊國父的小雕像，有冰淇淋賣得呱呱叫的「星辰點心」，有一間郵局，還有魯米利亞咖啡屋——整片地方都籠罩在街燈金色橙黃的光輝中。

在通往車站的一條街上有一個建築機具停放處，阿里告訴我們，他父親便是受雇於海利先生的一位親戚，在這裡當夜班守衛。傍晚時分，阿里又帶我們去一間鐵鋪。瑪穆特師傅用海利先生預付的錢，買了木材和準備用來固定絞盤零件的金屬鉗。他還買了四袋水泥、一把小平鏟、一些鐵釘和更多的繩索。但他下井時用的繩子不是這個，而是放在營地裡更堅固許多的那條，就纏在我們從蓋布澤帶來的絞盤轉軸上。

鐵鋪的人幫我們叫了一輛馬拉的貨車，我們便將所有買來的東西放到車上。當貨車的金屬輪輾過石板地發出恐怖噪音，我心裡想著在這裡的日子不多了，我很快就會回到蓋布澤的母親身旁，然後再不久就會到伊斯坦堡。我走在貨車旁邊，有時與馬並行，看著牠那雙疲憊的深色眼睛，暗想牠肯定很老很老了。

來到車站廣場時，一扇門打開來，一名穿著藍色牛仔褲的中年婦女跨出門走到街上。她回頭厲聲高喊：「你們快一點好不好？」

我和馬來到打開的門前，又出現了兩個人：先是一個男的，大概大我五、六歲，接著是一個高高的紅髮女子，可能是他姊姊。這名女子有一種奇特而且非常吸引人的氣質。穿牛仔褲的婦人也許是紅髮女子姊弟的母親。

「我去拿。」美麗的紅髮女子對母親喊了一聲，再次消失在屋內。

但就在重新進屋前，她看了我和我身後的老馬一眼，曲線優美的唇上露出一抹憂鬱的微笑，彷彿在我或馬身上看到不尋常之處。她長得高，微笑卻意外地溫柔甜美。

「那就走吧！」我們（瑪穆特師傅、兩名學徒與一匹馬）從旁走過時，她母親對她高喊道。母親似乎對紅髮女子十分氣惱，理都不理我們。

當滿載的貨車離開恩戈蘭與那兒的石板路，車輪的噪音便停息了。來到我們所在高原的坡頂時，我覺得好像到了一個截然不同的世界。

雲散了，太陽出來了，就連我們那塊大多寸草不生的土地也似乎變得五彩繽紛。聒噪的黑烏鴉跳到蜿蜒於玉米田間的路上，一看到我們立刻展翅飛走。向著黑海的紫色山巔呈現出奇怪的藍色調，山後面一大片土褐暗沉的平野，像患了黃疸病似的，其間偶爾點綴著一叢樹木，此時樹木看來也格外青綠。我們位在這高原上的土地、天地間的萬物、遠處的暗淡屋舍、微微顫動的白楊、曲折的鐵道——這一切都很美，而我內心隱隱知道之所以有這種感覺，是因為剛才看到那個站在自家門口的紅髮美女。

其實我根本沒看清她的長相。她與母親為何起爭執呢？她整個人給我的印象就是那頭在光線下閃著神奇亮光的紅髮。有一剎那，她看著我的神情彷彿早已認識我，彷彿在問我怎麼會在那裡。在我們四目相交的那一刻，好像兩人都試圖喚起，也或者甚至是質疑一段過去的記憶。

我望著星空昏昏入睡時，仍試著想像她的面容。

六

第二天早上，也是開工的第四天，我們利用從蓋布澤帶來的設備，以及在恩戈蘭買的木頭與其他材料，搭建了一座絞盤。絞盤兩端各有一支尖頭曲柄，中間一根纏繩子用的大滾筒，捲軸就跨放在兩個X形木架上。另外還有一塊粗糙的厚木板，從井裡拉上來的桶子可以放在上面。瑪穆特師傅以驚人的靈巧手法，詳細畫出機具的素描，讓我知道該如何組裝。

在洞裡的瑪穆特師傅會把土鏟進桶子，裝滿以後，我和阿里便用絞盤將桶子拉上來。這桶子比一般的水桶大，裝滿土石之後更重得多，因此即便是兩人合作，仍然拉得很吃力。此外，將桶子放到木板上並將繩子拉鬆到能夠卸下桶子，也需要極大力氣與不少技巧。每當費力地一口氣完成這項壯舉，我和阿里總會互看一眼，像是在說「任務完成」，然後鬆了一口氣。

接著我們會急忙將桶內的部分土石扒進手推車，直到桶子夠輕了，才直接提起來，把剩下的傾倒到推車上。我會小心將空桶重新放入井內，等桶子快要接近師傅的時候，便依照他的指示高喊「來囉！」瑪穆特師傅會將鶴嘴鋤放到一旁，拉過桶子但沒有解開繩索，迅速地將他剛才等候時挖掘的土石裝進去。最初幾天，我還能聽到他每次奮力又憤怒地一鑵、一鋤時，發出「嗬！」一聲。可是當他以每天一公尺的速度深入土裡，每次使力的呻吟聲便漸漸聽不見了。

當桶子再次裝滿，瑪穆特師傅往往連瞥都沒往上瞥一眼，便大喊「拉！」我和阿里都準備好之後，抓住絞盤手把開始旋轉。但有時候愛摸魚的阿里會在推車旁磨蹭，而我獨自操作絞盤又有難度，只好等他。然而偶爾瑪穆特師傅會慢下來，讓我和阿里能偷個空坐下來喘口氣，看著師父剷除井裡的土。

這些閒暇時刻是我們在無休止的辛苦勞動中僅有的休憩，也能趁機聊聊天。但直覺告訴我，就算問他有關我在鎮上見到的人也沒用，更遑論那個擁有神祕憂鬱的雙眼與完美唇形的紅髮女子的身分。是因為我認為他不會認識他們嗎？或是我擔心他可能說出令我心碎的話？

我開始時不時就想起那名紅髮女子，這件事我不只很想瞞著阿里，就連自己也很不想面對。晚上，當我一眼看著星星、一眼瞄向瑪穆特師傅的小電視，漸漸入睡之際，腦中會浮現她對我微笑的模樣。我心忖，若非那個笑容，若非那種彷彿說著「我認識你」的神情，與她臉上流露的溫柔，或許我不會這麼常想起她。

每三天的中午，地主海利先生都會開著皮卡貨車前來，不耐地詢問一切是否按計畫進行。假如我們剛好在用餐，瑪穆特師傅會說「跟我們一起吧」，邀請他分享我們的番茄、麵包、新鮮乾酪、橄欖、葡萄和可口可樂。假如瑪穆特師傅還在三、四公尺深的井內，海利先生便會往裡頭看著他工作，帶著敬意默默站在我們兩個學徒旁邊。

瑪穆特師傅出井之後，會陪海利先生走到土地另一頭，阿里倒土的地方，讓他看看那些碎石，並抓起顏色深淺不同的土塊在手上揉捏，推測離水還有多遠。一開始土壤輕軟，我們得以保持適中的速度，但超過三公尺後，便碰到特別硬的土層，因此第四、第五天的速度就慢了下來。瑪穆特師傅有信心，只要突破這層硬脈，就能抵達水分較多的地層，布商地主聽了回答說：「那是當然，願神保佑。」他再次承諾只要我們一找到水，他會烤羊慶祝，我們師徒三人也會拿到豐厚的賞錢。他甚至提到他會向伊斯坦堡的哪家店訂購果仁蜜餅。

海利先生走後，午餐也吃完了，我們會稍微緩一緩。從工地走一分鐘左右有一棵高大的胡桃樹。我會躺在樹蔭下打盹，這時紅髮女子會出現在我心裡，活生生地不請自來，用表情告訴我：**我認識你！**我感到幸福無比。有時候，在正午的炙熱下做苦工，覺得好像就快昏過去的時候，我會想起她。想到她，我便會重生，內心充滿樂觀。

天氣著實炎熱時，我和阿里會喝大量的水，還會彼此潑水降溫。水裝在容量十九公升的巨大塑膠桶內，用海利先生的小貨車運來。貨車每兩、三天來一次，還會順便送來我們向鎮上訂購的食糧：番茄、青椒、人造奶油、麵包、橄欖。司機會向瑪穆特師傅收取貨款，不過他也帶來了海利先生的妻子要給我們的東西：甜瓜和西瓜、巧克力和糖果，偶爾甚至還有她烹煮的美食，例如甜椒鑲肉、番茄醬飯和燉肉。

瑪穆特師傅非常注重我們的晚餐。每天下午，準備往井裡灌注混凝土之前，他都會吩咐我清洗手邊食材（馬鈴薯、茄子、扁豆、新鮮甜椒），然後他會仔仔細細地親自切菜，把菜連同一小塊奶油丟進我們從蓋布澤帶來的鍋子，放到瓦斯爐上面用小火燉煮。我要負責看著這鍋菜直到太陽下山，以確保燉煮的菜沒有黏鍋。

每個工作日最後兩小時的工作，就是把混凝土灌入他當天挖掘的部分沿邊的木製模具內。我和阿里會在推車上攪拌水泥與沙與水，然後用一件看似半個漏斗的木頭裝置（瑪穆特師傅驕傲地宣稱是他自己設計的），將混凝土直接導入井內，無須再用另一只桶子。當我們將水泥混合物斜斜倒進木頭滑道，他會在井底深處指揮：「右邊一點，現在……慢一點！」

如果攪拌與倒入混凝土的時間拖得太久，瑪穆特師傅會對我們大吼說都冷掉了。這時候，我便會懷念父親，他從未拉高嗓門說話也從未斥責過我。但一轉念又會生他的氣，因為都是他害我們這麼窮，害我不得不來這裡做工。瑪穆特師傅對我生活的關懷，父親從未給過我。他會為我說故事，教我一些道理，而且他從不會忘記問我還好嗎？餓不餓？累不累？是否正因為如此，受到他責罵的我才會如此生氣？換作是父親的話，我應該會認同他的說法、適度地悔過，然後把整件事拋到腦後。然而不知為何，瑪穆特師傅的斥責彷彿留下了傷疤，即便我服從了他的指示，仍不免心懷憤恨。

一天結束時，瑪穆特師傅會跨進桶子，大喊：「夠了！」我們便緩緩轉動絞盤，讓他像搭電梯一樣升上來重見天日。出來以後，他會躺在附近一棵橄欖樹下，頓時間寂靜籠罩四周，讓我更清楚意識到我們完全被大自然所環繞，徹底孤立，也意識到自己離伊斯坦堡與人群有多遠，這時我會愈發想念父母和我們在貝敘塔希的生活。

我會效法瑪穆特師傅躺到某片樹蔭下，看著阿里走路回他位於附近鎮上的家。他不走蜿蜒的道路，而是抄捷徑穿過大片空地，長滿草和蕁麻的田野。我們沒有見過他家，位在鎮上的哪裡呢？他和我們看到的那個穿著牛仔褲、站在自家門口的壞脾氣女人住得近嗎？

我的思緒就在這些事情上頭悠悠兜轉，同時可以聞到瑪穆特師傅香菸的宜人氣味，可以聽到蜜蜂的嗡嗡聲，和遠處軍營的士兵在傍晚集會時大聲喊著：「報告長官，是！」我會暗自心想：在這裡目睹這個世界是何等奇特的經歷，人活著是何等奇怪的感覺。

有一天，我起身查看晚餐時發現師傅睡著了，就像小時候發現父親睡著一樣，開始觀察起有如靜物般躺在那裡的他，檢視他長長的手臂和腿，假裝他是個巨人，而我只是個迷你生物，好似大人國裡的格列佛。瑪穆特師傅的手粗硬，指節突出，不像父親那麼優雅。他兩條手臂上布滿傷痕、痣和黑毛，只有在襯衫的短袖子底下、太陽曬不到的地方，才能看見他真正蒼白的肌膚。當他用長鼻子呼吸，我也會好奇看著他的鼻孔緩緩地一張一縮——就像以前看睡著的父親那樣。此時我看出了他濃密的長髮已開始轉白，上面黏了一些小土塊，脖子上爬滿好奇焦慮的螞蟻。

七

你要洗澡嗎？每天傍晚太陽下山時，瑪穆特師傅都會這麼問我。

皮卡貨車每兩、三天運來的塑膠水桶附有水龍頭，但這些水只夠洗手和臉。若想好好洗個澡，就需要用一只巨大的塑膠桶盛水。每當瑪穆特師傅用水壺舀起桶裡的水淋到我頭上，我就打哆嗦，不是因為儘管有太陽，水還是很冷，而是因為師傅看見我的裸體。

「你還是小孩呢。」有一回他對我說。他是在暗示我的肌肉發育不全，暗示我很弱嗎？或者別有他意？他自己的身體十分結實強壯，胸前背上都長了毛。

我從未見過父親或其他男人赤身裸體。當輪到我拿起錫水壺往師傅滿是肥皂泡的頭上淋水，總會盡量不去看他。雖然會看見他的手臂、腿與背上遍布挖井時留下的瘀青與傷疤，我從來不置一詞。可是師傅幫我洗澡時，卻會半出於關心、半開玩笑地用又厚又粗的手指壓我背部或手臂上的瘀傷，見我身子打顫、哀喊一聲「噢！」，他便會笑出聲並溫柔地叫我「下次小心點」。

瑪穆特師傅經常警告我要小心，語氣時而溫柔時而帶著責難：「挖井學徒要是不保持冷靜，有可能害師傅殘廢，要是再不小心，甚至可能害死師傅。」「你記住了，眼睛和耳朵要隨時保持警覺，注意井裡面的情況。」他說桶子可能會從掛勾上鬆脫掉落，砸到底下的人。此外，他也會三言兩語地描繪挖井人沼氣中毒的情景，還說一個心不在焉的學徒可能要花三分鐘才會發現，而這段時間已足以讓挖井師傅到地府報到。

我很喜歡瑪穆特師傅直視著我的雙眼，告訴我這些具有教誨意義的可怕故事。聽他生動地描述那些粗心大意的學徒，我可以感覺到在他心裡，冥府、死者國度與土地最深處都各自對應著天堂與地獄某些可辨識的特殊範圍。據師傅的說法，我們挖得愈深，便愈接近神與祂的天使——雖然午夜的涼風提醒我們，藍色天穹與高掛在天上、成千上萬的閃耀星星，其實是在相反方向。

在太陽西下，寧靜平和的時刻，瑪穆特師傅的注意力會一分為二，一面要不時掀開鍋蓋留意晚餐的進展，一面看著需要不停調整的電視畫面。電視機也是他從蓋布澤帶來的，另外還帶了一顆舊的汽車電池來供電，可是第二天晚上電池就沒電了，他只好把它放上皮卡貨車，送到恩戈蘭去充電。現在電視能看了，只不過瑪穆特師傅仍得持續努力尋找清晰訊號。當他失去耐性，就會喊我過去，把金屬天線（看似未包覆的電纜線）塞給我，試著指揮我說：「右邊一點，不要太過去。」調整到出現清晰畫面為止。

經過漫長奮戰後，螢幕上終於出現畫面，可是我們吃起晚餐邊看新聞，畫面很快又會像遙遠的記憶般變得模糊，一會兒波動、一會兒顫晃，恣意地忽隱忽現。起初我們會再試著調整，但眼看愈調愈糟，便乾脆放棄，光聽主播的聲音和廣告，將就湊合。

到了這個時間，太陽開始沉落，白天裡不見蹤影的奇異鳥禽也開始鳴唱。夜幕降臨前，便出現一輪粉紅滿月。我可以聽到帳篷周圍的窸窣聲與遠方的狗吠聲，可以聞到火將熄的味道，可以感覺到根本不存在的柏樹的陰影。

父親從未跟我說過故事或童話。但瑪穆特師傅每晚都會講故事，靈感可能來自電視上時有時無的模糊畫面，或是當天克服的某個阻礙，也可能純粹只是一段往日回憶。他說的故事哪些是真、哪些是出於想像，難以分辨，從哪開始、到哪結束，就更分不清了。無論如何，我還是喜歡整個人沉浸在他的敘述當中，聽聽師傅想藉由故事傳達什麼訊息。不過這些故事的含意，我並不是都能完全明白。有一次他跟我說，他小時候曾被一個巨人綁架到地府去，但那下面不暗，反而十分明亮。他被帶到一座閃閃發亮的宮殿享用大餐，桌上擺滿胡桃殼、蜘蛛軀殼、魚頭和魚骨。他們為他準備了世上最美味的佳餚，但是師傅聽見身後有女人的哭泣聲，便一口也吃不下。在地府撒旦宮殿裡哭泣的女人，聲音聽起來就跟電視上的女主持人一樣。

還有一次他告訴我關於兩座山的故事，一座是軟木山，另一座是大理石山，兩山怒目相對數千年，始終未曾互相了解。故事最後他講述了一段《可蘭經》經文，大意是說要把家建在高地上，因為高地上絕不會發生地震。我們很幸運，能在這麼高的地方挖井，高地上比較容易找到水。

瑪穆特師傅說故事的時候，夜色已經低垂，因為沒有其他東西好看，我倆只好盯著電視的雪花畫面，假裝影像清晰，可以看到電視上在演些什麼。

「喏，那裡也可以看得到！那是個預兆。」有時候瑪穆特師傅會指著螢幕上的一點說。

在幻影朦朧的螢幕上，我也會忽然看見互相瞪視的兩座山。但還沒來得及告訴自己這可能只是幻覺，瑪穆特師傅就會轉移話題，提出一些實用的建議：「明天不要把手推車堆太滿。」我感到驚異萬分，這個人在灌水泥、將電視接到汽車電池、畫紋盤藍圖時，儼然道地的工程技師，竟也能夠活靈活現地講述神話與童話故事。

我收拾了晚餐的碗盤後，瑪穆特師傅有時會說：「我們進城去吧，需要再買一些釘子。」或是「我的香菸沒了。」

頭幾天晚上，我們在涼爽的黑夜中徒步前往恩戈蘭時，月光照亮了柏油路。我感覺得到天空，就在頭頂上，離得那麼近，這種感覺前所未有的強烈，聽著蟬在夜色中愉快地唧唧鳴叫，我想起了父母親。沒有月亮的夜裡，我會滿心驚奇仰望空中閃爍的繁星。

進城後，我打電話給母親報平安，她哭了起來。我試著安撫她，說瑪穆特師傅已經付我錢（這是事實），還說再過兩星期就能回家（但其實我不太確定）。在內心深處，我知道自己很樂意和瑪穆特師傅待在這裡。也許是因為我能因此自食其力，真正成為一家之主——既然父親都已經走了。

但前往恩戈蘭那幾天晚上，我才清楚了解我欣喜的真正原因是那個紅髮女子。在車站廣場上邂逅之後，我希望能再見到她。每當與師傅進城，我都會盡可能往那棟房子的方向走。假如整個晚上都還沒經過車站廣場，我就會找藉口離開師傅，自行前往，經過時還會慢下腳步。

那是一棟簡陋、沒有粉刷的三層樓建築。晚間新聞過後，上面兩層樓的燈一直亮著。中間樓層的窗簾從來沒有拉開，但頂樓的窗簾則是始終半開半掩，有時候還會開著一扇窗。

我想紅髮女子姊弟與家人必定是住在頂樓或中間樓層。若是住在頂樓，他們的家境應該還不錯。她父親以何維生呢？我沒有見過他，說不定他也走了，和我父親一樣。

白天，當我費力地慢慢轉動絞盤手把，拉起一桶又一桶沉重的泥土，或是午休時間，當我躺在樹蔭下打盹，心思總會不由自主地轉向她，她的身影填滿我的白日夢。我有些難為情，但不是因為在應該專心一致做事的時候幻想著一個毫無所悉的女子，而是為了自己這些天真幼稚的幻想感到羞愧。因為我已經開始想像我們結婚、做愛、從此在我們自己的家過著幸福快樂的生活。我忘不了在她家門口看見她的那一刻：她敏捷的舉動、她的小手、她修長的身形、她嘴唇的曲線、她溫柔憂鬱的表情，最重要的還有她笑起來，臉上閃現的那抹嘲弄表情。這些幻夢猶如野花開遍了我的心房。

有時我會想像我們一起看書，最後接吻做愛。父親說過，人生最大的幸福就是娶那個年輕時和你一起看書、熱情追求共同理想的女孩。我聽見他向母親敘述另一個人的幸福生活時這麼說道。

八

這幾天晚上，從城裡要走回帳篷的路上，我總有一種走向天空的感覺。通往我們那片高原的斜坡上沒有住家，因此一片黑漆漆，每往前一步，我就覺得離前面的星星更近。當群星被山頂上小墓園裡的柏樹遮蔽，夜色變得更加深沉。有一回，一顆流星劃過柏樹間依稀可見的一小片細長天空，我們倆同時轉頭看著彼此，像是在說：你看見了嗎？

坐在帳篷邊聊天時，我們經常看見流星。瑪穆特師傅認為每顆星都代表一個生命。萬能的神讓夏夜裡繁星滿天，是為了提醒我們這世界上有多少人和多少生命。每次看見流星，師傅都會哀傷禱告，彷彿目睹了某人死亡。要是發現我意興闌珊，就會對我的冷漠態度憤憤不平，並立刻說起另一個新的故事。難道我必須對他的話全盤接受，才免得惹他生氣？許多年後，我領悟到瑪穆特師傅的故事對我的人生歷程有莫大影響，便開始閱讀我所能找到的一切關於那些故事起源的文字。

瑪穆特師傅的故事多半源自於《可蘭經》。例如有一則是關於惡魔誘惑人畫肖像，好讓人看見畫像便能想起死者，以此將人引導上盲目崇拜的罪惡之路。不過瑪穆特師傅會將一般人熟悉的故事加以改編，就好像他是從某個苦修僧或是在某間咖啡屋聽來的，或甚至像是他的親身經歷，因為他會出乎意外地將故事與個人的回憶連結在一起，聽起來完全不令人生疑。

有一次他告訴我，他曾經勘查過一口拜占庭時代的井，已有五百年歷史。所有人都認為那口井有精靈出沒，或是受到某種魔力或詛咒鎮壓。為了向他們證明井裡面只不過是普通的沼氣外洩，瑪穆特師傅便將報紙攤開，有如鴿子的翅膀，然後點火丟進井裡。著火的報紙慢慢飄下井去，火焰逐漸減弱，到了井底便完全熄滅，「因為那裡面沒有空氣」。「你是說沒有氧氣吧。」我糾正他。他不理會我的幼稚傲慢，繼續解釋說拜占庭時代那些充斥著蜥蜴與蠍子、以磚塊與石塊砌成的井，也和鄂圖曼時代一樣使用呼羅珊灰泥。而且在國父凱末爾建立共和國以前，伊斯坦堡的掘井師傅其實都是亞美尼亞人。

他會深情追憶自己在薩勒葉、畢于克德勒和塔拉比亞後方的貧窮鄰區，挖掘過的無數口井，還有一九七〇年代他教過的所有學徒，當時生意十分興隆，有時候還會同時挖多口井。那些年，感覺上好像所有安納托利亞的居民都來到伊斯坦堡定居，在俯臨博斯普魯斯海峽、沒有水電的山頭搭建簡陋房舍，幾個比鄰而居的人會湊錢雇用瑪穆特師傅。那個時候的瑪穆特師傅自己有一輛華麗的馬拉貨車，車身彩繪著花朵和水果；他就像個富有的開發業者監督著多項組合計畫，一天當中就可能前往多達三個不同鄰區去勘查挖掘現場。在每個工地，他都會親自下井，直到確定在現場的學徒已能完全掌控工作，才匆匆奔赴下一處。

「要是不信任自己的學徒，就當不了挖井人。」他這麼說：「挖井師傅必須確保學徒能適當、迅速而正確地做好自己的工作。要是心裡惦著井外的事，在井裡就沒法專心幹活。為了生存，挖井師傅必須像信任兒子一樣信任學徒。現在你告訴我，誰是**我的**師傅？」

「誰呢？」儘管知道答案，我還是會問。

「我的師傅就是我的父親。」他會露出老師的神態回答道，也不管他已經跟我說過多少次。「如果你想當個好學徒，就得像我的兒子。」

照瑪穆特師傅的說法，每個師傅都有責任像父親一樣，去愛、去保護、去教導學徒，因為學徒最終會繼承他的事業。反過來說，學徒也有責任向師傅學習、遵從他的指導、給予他該有的尊重。假如憎惡與反抗破壞了師徒關係，雙方都會受害，一如真正的父子關係，挖井的工作也將被迫終止。瑪穆特師傅知道我是出身好家庭的好孩子，因此並不擔心，他相信我不會太狂妄或不服從。

瑪穆特師傅出生於西瓦斯市附近的蘇謝赫里地區，十歲那年隨父母搬到伊斯坦堡，他們在畢于克德勒區後方某地蓋了一間臨時屋，他後來的童年都在那裡度過。他很喜歡強調他們是窮苦人家。他父親在畢于克德勒最後幾棟大宅院之一當了多年園丁，後來在機緣巧合之下給一位挖井師傅當助手，學會了挖井。當他發覺這份工作利潤之可觀，便決定改行，不僅賣掉所有的家畜，還讓兒子瑪穆特當自己的學徒。瑪穆特整個高中期間都在幫父親的忙，直到入伍服役。一九七〇年代他退伍時，到處都在挖井供應果園與貧窮社區的用水。不久，老父親去世，瑪穆特自行買了一輛馬拉的貨車，繼承父親的衣缽。在接下來將近二十年的期間，他挖了超過一百五十口井。他今年四十三歲，和我父親一樣，但他始終未婚。

他知道我父親沒有留給我們一分錢嗎？每回瑪穆特師傅描述他童年時的窮苦困境，我心裡總會這麼納悶。有時候他好像在奚落我，原本是家裡開藥局的「小少爺」，換句話說就是出身高貴，卻被迫成為挖井的學徒。

開鑿一週後的一天晚上，瑪穆特師傅跟我說起約瑟兄弟的故事。我仔細聆聽著父親雅各如何偏愛約瑟，結果導致其他心懷妒忌的兄弟騙了約瑟，並將他丟進漆黑井內。最令我難忘的是瑪穆特師傅直直地看著我說：「沒錯，約瑟很乖又非常聰明，但是身為父親不能偏愛任何一個兒子。」接著他又說：「當父親必須公平，父親要是不公平，會讓兒子變得盲目。」

這番關於盲目的談話背後有何意義？這話題又是從何而起？是為了強調約瑟被困的井裡有多暗嗎？多年來，我問了自己無數次這個問題。為什麼那個故事讓我如此煩亂？讓我對瑪穆特師傅如此憤怒？

九

次日，瑪穆特師傅挖到出乎意外的堅硬石層，讓我們首度嘗到氣餒的滋味。由於石層異常堅硬，他擔心會敲斷鶴嘴鋤，只得小心翼翼地施工，速度也就拖得更慢了。

等候空桶子填滿之際，阿里會躺在草地上休息，我卻是目不轉睛盯著在井底不停挖鑿的師傅。熱氣逼人，太陽曬得我的脖子灼燙。

中午過來的地主海利先生，聽到岩層的事很不高興。他站在烈日下，一邊抽菸一邊瞪著井底深處。他回伊斯坦堡時留了一個西瓜，我們午餐就吃西瓜和一些白起司和新鮮的熱麵包。

那天瑪穆特師傅挖得不夠深，下午無法再灌注更多混凝土，於是他繼續頑強地挖掘到太陽下山。阿里離開後，我為他端來晚餐，但他又累又煩，我們一句話也沒說。

「當初要是從我指給你看的地點開挖就好了。」當天稍早海利先生這麼說道。這句話質疑了瑪穆特師傅的專業與直覺，我想肯定是因為這個，師傅才會如此悶悶不樂。

「今天就不要進城了。」吃完晚飯後，他說。

時間已晚，他也累了，我能理解他不願進城的苦衷。但我還是很不高興。一個星期下來，我已經養成戒不掉的習慣，每天晚上非得走到車站廣場，抬頭看著那棟建築的窗戶，希望能見到屋內的紅髮女子。

「不過你去吧。」瑪穆特師傅說：「可以順便幫我買一包瑪爾泰佩香菸。你不怕黑吧？」

天空晴朗而明亮。我看著群星，踩著輕快步伐朝恩戈蘭小鎮的燈火走去。到達墓園之前，我看見兩顆星同時墜落，內心一陣悸動，心想這是好預兆，我一定能遇見她。

不料來到車站廣場時，他們那棟屋子的燈都沒開。我到戴眼鏡的菸草店老闆那裡，替瑪穆特師傅買菸。露天的太陽戲院傳來追逐場面的聲音。我從一道牆的縫隙偷瞄螢幕，希望能在觀眾群中發現紅髮女子與她家人，但是沒看見。

在城郊，通往軍營那條路的起點，立了一個環繞著電影海報的帳篷。帳篷上有一塊招牌寫著：

道德故事劇場

我小時候某一年夏天，也見過一個像這樣的帳篷劇場，距離厄赫拉莫宮後方的遊樂園不遠。但那間劇場營運狀況不佳，很快就關門大吉。這間想必也同樣難以持久，我在街上徘徊時暗自思忖。最後，電影人潮散盡，電視節目全部播畢，街上空無一人，但面對火車站那幾扇窗依然暗著。

回程中我快步疾行，內心飽受愧疚折磨。爬上山坡往墓園走的時候，我心跳飛快。我感覺到有一隻貓頭鷹棲息在柏樹上靜靜地看著我。

也許紅髮女子一家人已經離開恩戈蘭。也說不定他們還在鎮上，我只是沒來由地驚慌起來，因為害怕瑪穆特師傅而中斷了偵察。我為何這麼在意他呢？

「你怎麼去這麼久？我很擔心。」他說。

他小睡了一會兒，心情似乎好些了。他接過香菸，立刻點了一根。「鎮上有什麼事嗎？」

「沒什麼。只是有一個巡迴劇場。」我說。

「我們到這裡的時候就有那些墮落份子了。」瑪穆特師傅說：「他們只會對軍人跳曖昧的舞、說黃色笑話，那些地方跟妓院沒兩樣。離遠一點！好啦，既然你去了鎮上、見了不少人，那麼今晚換你來說個故事怎麼樣，小少爺？」

此話出乎我意料之外。他為什麼又喊我「小少爺」？我很想擾亂他的心神。如果瑪穆特師傅意圖用故事讓我服從，那麼我說的故事至少得能夠動搖他！我不斷地想到盲目與戲劇之類的事。於是我說起了希臘國王伊底帕斯的故事。我從未讀過原著，但去年暑假，我在第尼茲書店碰巧看到一篇摘要，一直牢記在心。

這篇文章我是在一本名叫《夢與人生》的文集中發現的，過去一年來，它一直躲藏在我內心某個角落，有如阿拉丁神燈裡的精靈。此時此刻我述說著這個故事，但不是像轉述二手的濃縮資料那樣，而是帶著真實記憶的強度：

伊底帕斯是希臘古城底比斯國王拉伊俄斯之子，也是王位繼承人。因為身分太重要，即便還在母親腹中，國王已經就他的未來請示神諭。不料竟得到一個可怕的預言……說到這裡我略一停頓，而且也和瑪穆特師傅一樣，兩眼直盯著模糊幻影幢幢的電視螢幕。

這個可怕的預言說，伊底帕斯王子注定會殺死父親、迎娶母親，然後繼承父親的王位。這個未來令拉伊俄斯心生恐懼，便命人將剛出生的兒子帶到森林裡丟棄，讓他自生自滅。

鄰國宮廷的一名仕女在樹林間發現棄嬰伊底帕斯，便救了他。這名棄嬰在各方面都顯示他出身尊貴，因此即使在另一個國家，仍被沒有子嗣的國王與王后以王子的身分撫養長大。可是他一長大成人，卻開始覺得自己不屬於這裡。他納悶為何有此感覺，於是也請示神諭占卜自己的未來，並再次聽到同樣的可怕預言：神意欲伊底帕斯殺死父親並與母親同衾共枕。為了躲避這可怕的命運，伊底帕斯立刻逃離。

他在不知情的情況下，來到真正的故鄉底比斯，過一座橋的時候，與一位老人因細故起了爭執。此人正是他真正的父親拉伊俄斯。（這一幕我拖延許久，細細描述這對父子是如何認不出彼此而開始打鬥，就像煽情的土耳其電影中的一幕。）

他們激烈格鬥，到最後伊底帕斯勝出，憤怒地揮劍砍殺了父親。「當然，他並不知道自己剛剛殺死的人是他的父親。」我正視著瑪穆特師傅說道。

他緊蹙著眉頭聆聽，面露憂色，彷彿我傳達了壞消息，而不只是在講述舊神話。

沒有人看見伊底帕斯殺死父親。在底比斯沒有人指控他殺人。（我聽著自己的故事，心裡也感到好奇，犯了弒父這樣的重罪卻未受懲罰會是什麼感覺？）不過當時底比斯城還有其他問題：有一頭女人面、獅身、背上長著一對巨大翅膀的怪獸在毀壞作物，並殺害答不出它的謎題的路人。因此當伊底帕斯解答了司芬克斯出的難題，為城裡除害，立刻被擁為英雄，同時也被立為底比斯的新國王。結果他就這麼娶了王后，也就是他的親生母親，而王后並不知道他是她的兒子。

我壓低聲音匆促地講述最後這個部分，好像生怕被人偷聽到。「伊底帕斯娶了自己的母親，」我又重複一遍。「他們生了四個孩子。這個故事我是在書上看到的。」我補上這一句，以免瑪穆特師父以為是我自己幻想出這些駭人聽聞的情節。

「幾年後，在伊底帕斯與妻兒過著幸福生活的底比斯爆發了瘟疫。」我又接著說，眼睛看著瑪穆特師傅紅紅的香菸頭。「城裡死了許多人，驚恐的城民派出一位使者，渴望能知道眾神的旨意。眾神說道：『要想消滅瘟疫，你們就得找出並驅逐殺死前任國王的凶手。做到這一點，瘟疫自然就會消失！』」

伊底帕斯渾然不知自己在橋上打鬥殺害的老人既是他的父親，也是底比斯的前任國王，因此立刻下令追捕凶手。事實上，他比任何人都更努力尋找。他愈查愈接近自己殺害父親的真相，更糟的是他發覺自己娶了母親。

我說到這裡暫停了一下。瑪穆特師傅講述宗教故事時，總會在最具意義的時刻漸漸變得安靜，我也會從他的態度隱約感覺到警告意味：這有可能發生在你身上。現在我也試著依樣畫葫蘆，儘管我自己也不知道這個故事有何寓意。因此故事說到最後，我幾乎為伊底帕斯感到難過，口氣中也流露出同情：

「知道自己和母親同床共枕後，伊底帕斯挖出了自己的眼睛，然後離開他的城市前往另一個世界。」

「所以神的旨意終究是應驗了。」瑪穆特師傅說：「誰都逃避不了命運。」

我很驚訝瑪穆特師傅從這個故事悟出了關於命運的啟示。我原想把命運全都拋到九霄雲外。

「是的，伊底帕斯自我懲罰之後，瘟疫就結束了，底比斯城也得救了。」

「你為什麼要跟我說這個故事？」

「不知道。」我說道，心裡有些內疚。

「我不喜歡你的故事，小少爺。」瑪穆特師傅說：「你看的是什麼書？」

「一本關於夢的書。」

我知道瑪穆特師傅再也不會說：「今晚換你來說個故事怎麼樣？」

十

晚上進城後，我和瑪穆特師傅總會依一定的順序辦事。首先去買師傅的香菸，可能是到戴眼鏡的菸草店老闆那裡，也可能去老是開著電視的雜貨店。接著去營業到很晚的五金行，或是去找來自薩姆松的木匠。瑪穆特師傅與他交情不錯，有時候會坐在他店門外的椅子上抽個菸，我便趁機溜開，跑到車站廣場一下。木匠打烊時，瑪穆特師傅會說：「走，我請你喝杯茶。」我們便會去位於通往車站廣場路上的魯米利亞咖啡屋，在雙開門外挑一張空桌坐下。從這裡可以看到廣場，可是看不見紅髮女子住的那棟樓。我不時會找藉口起身，走到能看見那棟建築的窗戶的地方，若發現燈沒亮，就會再回到桌旁。

在魯米利亞咖啡屋外喝茶的那半小時，瑪穆特師傅一定會很快地評估當天挖了多深以及整體的進度。第一天晚上他說：「那塊石頭硬得不得了，不過別擔心，我會打敗它的。」第二天晚上見我開始不耐，他又說：「學徒必須學會信任師傅！」到了第三天晚上，他說：「要是可以像軍事政變以前那樣使用炸藥，會簡單得多。可惜軍方禁止了。」有一天晚上，他帶我上太陽戲院，像個溺愛孩子的父親。我們和所有的小孩一起坐在戲院牆壁較低處看電影。回到帳篷後，他說：「明天給你媽媽打個電話，請她放心，我會在一個星期內找到水的。」

但是那石頭堅不可摧。

某天晚上，瑪穆特師傅沒陪我進城，我走到劇場帳篷前看海報和掛在入口處的布條：「詩人的復仇」、「羅斯坦與索拉布」、「鑿山者法赫德」、「電視上前所未見的冒險奇遇」。我對電視上沒見過的部分最感興趣。

票價相當於瑪穆特師傅付給我的日薪的五分之一，沒有標示孩童與學生享有優惠。最大張的海報上寫著「軍人特別優惠，週六、週日下午一點半與三點」。

我知道，我之所以想進道德故事劇場正是因為瑪穆特師傅批評過它。每次上恩戈蘭，無論他是否同行，我都會刻意經過劇場，找任何藉口去瞄一眼那個暖黃色帳篷。

有一天晚上，趁著瑪穆特師傅坐著慢慢品茶之際，我走到車站廣場，再去看看那幾扇似乎始終不亮的窗子。稍後，我在餐車巷內晃來晃去打發時間，忽然看見我認為是紅髮女子的弟弟那個年輕人從「解放餐廳」走出來。我於是開始尾隨他。

當他來到車站廣場，快速走進我老是盯著窗戶看的那棟建築，我頓時心跳加快。哪一樓的燈會亮起呢？紅髮女子在家嗎？當頂樓亮起燈時，我興奮得無以復加。但就在同一時間，紅髮女子的弟弟再度從樓房現身，朝我走來。我不禁感到困惑，他不可能又在樓上開燈，又同時走出門口。

他直直地走向我。或許他發覺我在跟蹤他，或甚至發覺我迷戀上他姊姊。我驚慌之餘，連忙躲進車站，坐在角落的一張長椅上。車站裡面涼爽而安靜。

不料紅髮女子的弟弟沒有往車站來，而是走向魯米利亞咖啡屋所在的街道。我現在要是跟著他，還在那裡喝茶的師傅會看見我，於是我改而匆匆走過一條平行街道，來到盡頭後站在一棵懸鈴木後面等著。當紅髮女子的弟弟若有所思地緩步經過我身邊，我隨即跟上去。我們走過太陽戲院後面，木匠店鋪所在的街道，又經過鐵匠的馬拉貨車。我看見營業至深夜的雜貨店，看見理髮店的櫥窗，也看見我打電話給母親的郵局，這才發覺在恩戈蘭遊蕩了短短兩星期，我已經走遍城裡的大街小巷。

我看見紅髮女子的弟弟走進城外近郊的亮黃色劇場帳篷後，隨即跑回去找瑪穆特師傅。

「你怎麼這麼久？」

「我想給母親打個電話。」

「你是想她囉？」

「是的。」

「她怎麼說？你有沒有告訴她只要處理掉這塊石頭就能找到水，你頂多再一個星期就能回家了？」

「有，我說了。」

我會到每天晚上九點才關門的郵局打電話給母親，對方付費。女接線生會問母親的名字，然後說：「阿蘇嫚．伽利克太太嗎？傑姆．伽利克從恩戈蘭打電話給妳，妳願意付費嗎？」

「願意！」母親會用急切的聲音肯定回答。

有女接線生在，加上對方付費的額外費用，讓我們倆總是無法自在交談。幾句普通的寒喧過後便沉默無語。

這個沉默的距離不僅悄悄溜進我與母親的關係當中，那天晚上回去的路上，它也橫阻在我和瑪穆特師傅之間。走上山坡時，我們凝視著星空，一語未發。感覺好像犯了什麼罪，由於無數的星星與周遭的蟋蟀都目睹了，我們便垂下雙眼默不作聲。墓園裡的貓頭鷹從黑色柏樹上招呼迎接我們。

當晚進帳篷休息前，瑪穆特師傅點了最後一根菸。「記得你昨天晚上跟我說的那個關於王子的神話嗎？」他以此開頭，說道：「我今天一直在想。其實我知道一個類似的故事，是關於命運的。」

起先我沒意會到他在說伊底帕斯的傳說，但我馬上就說：「請告訴我，瑪穆特師傅。」

「很久以前有一個王子，就跟你那個一樣。」他開始說道。

這個王子是長子，也最得國王父親喜愛。國王很寵愛這個兒子，不但滿足他每一個願望，還為他大擺筵席、大肆歡慶。有一天在宴席上，王子看見父親身邊站著一個留黑鬍子、臉色暗沉的男人，認出他是死亡天使亞茲拉爾。王子與亞茲拉爾四目相交，兩人都驚訝地看著對方。宴會結束後，憂心的王子告訴父親說亞茲拉爾也出席了，而且肯定是為他而來，王子從天使的神色看得出來。

國王很害怕，便對兒子說：「你馬上到波斯去，不要告訴任何人，就躲在大不里士的宮殿裡。現在大不里士國王與我們十分友好，他不會讓任何人傷害你。」

於是王子立刻被送往波斯。事後，國王又舉辦了一場宴會，並若無其事地再次邀請黑臉的亞茲拉爾。

「王上，我發現王子今晚不在。」亞茲拉爾關心地說。

「我兒青春正盛，」國王說：「他會福壽綿長的，願神保佑。你問他做什麼呢？」

「三天前，神命我前往波斯的大不里士宮殿帶走王子！」亞茲拉爾說：「所以昨天我看見他人在伊斯坦堡這裡，既驚訝又開心。今郎看見了我看他的神情，我想他應該心中有數。」

亞茲拉爾未多逗留，便即離開王宮。

十一

第二天中午，當七月豔陽燒烤著我們的頸背，瑪穆特師傅英勇對抗的岩石終於往下裂開了十米深。我們欣喜若狂，後來卻發現速度不見得能加快，因為我和阿里拉起沉重石塊耗費了太多時間。下午，師傅終於叫我們拉他上來，說道：「我來操作絞盤，你們一個下去，這樣會快一點。誰要下去？」

我和阿里都沒吭聲。

「你去吧，阿里。」瑪穆特師傅說。

師傅放我一馬，讓我感動不已。阿里一腳跨進桶子站立，我們慢慢轉動絞盤送他下去。現在是我和師傅一起操作絞盤。我心下煩躁不安，唯恐自己的言行舉止不足以表達感激之情。我不喜歡自己這麼急切地想討好他，但我也知道如果照他的話做，能快點找到水，我的生活也會輕鬆一點。阿里的信號一來，我們便默默轉動絞盤，傾聽著四周的聲響。

蟋蟀持續不斷的唧唧聲似乎都來自同一方向，在那尖銳顫音底下有一條低音聲線，一個模糊的嗡鳴聲，是三十公里外伊斯坦堡的嘈雜市聲。剛到這裡的時候，我沒有注意到這個聲音。它和其他聲音重疊了：有烏鴉、燕子和其他無數我不認得的鳥類吱吱喳喳、嘎叫哀鳴，有長得看不見盡頭的貨運列車戚空、戚空地從市區駛向歐洲，還有在酷熱下精神飽滿地跑步的軍人，用低沉單調的嗓音唱著進行曲，「草原啊，草原。」

偶爾我們會四目相交。瑪穆特師傅到底對我有何看法？即使他已經很關心我、照顧我，我卻渴望得到更多。但每當我們的眼神交會，我總會看向他處。

有時候他會說：「你看，又一架飛機。」然後我們便仰頭望向天空。飛機從葉西寇伊機場起飛，爬升約兩分鐘後，會在我們頭頂上的某處轉變路線。阿里會在井底大喊「拉——！」我們便慢慢轉動吱嘎作響的絞盤拉起碎石塊，那當中夾雜著鐵與鎳，瑪穆特師傅已教過我們如何辨識。

每當桶子拉上來，師傅都會警告阿里下次不要裝這麼滿，叫他暫時別管較大的石塊，而且一定要確實將繩子繫牢。

傾倒了幾桶之後，我要負責把推車上的土石推去倒掉。不久，就堆起一小堆質地古怪的含金屬石塊。那顏色、硬度與密度，都與我們前一個星期挖出的泥土不同，看起來完全像是來自另一個世界。

海利先生再來的時候，瑪穆特師傅向他解釋，雖然工程進度仍受到堅硬石層拖延，但他不打算在其他地方重新開挖。這裡一定有水。

海利先生是以每公尺計費付錢給瑪穆特師傅，挖到水以後還會有一整筆的酬勞，並依慣例送禮物與賞金。挖井人與地主之間的交易已有數百年傳統，這些條件流傳至今已牢不可破。挖井人最好要慎選地點，假如作選擇時過於任性或反覆無常，只會危害到完工時能拿到的那一大筆錢。倘若地主選了一塊根本挖不出水的地，又專橫地堅持說「挖這裡」，挖井人仍可拿到以公尺計費的酬勞。不過若是被迫違背自己的專業判斷，挖井師傅可以抬高價碼，以保障自己可能挖不到水的損失。或者他至少可以堅持彈性的價碼，一旦挖超過十公尺便加價。

找到水源是掘井者與地主的共同目標，因此他們一起決定放棄某個挖掘地點、另起爐灶，並非聞所未聞之事。地主有可能執著於一個機會渺茫的艱困地點（譬如土地太多石頭，或太多沙，或是土壤太乾、顏色太淡），但儘管挖井師傅對地點抱持懷疑，為了報酬也只能繼續挖掘、容忍地主。萬一遇上岩石層拖慢速度，他可以要求改以日計費。但有時候地主會認定開挖的地點已經沒有希望。這時候，相信自己直覺的挖井師傅可能得請求寬限幾天。我看得出來瑪穆特師傅就快面臨這樣的狀況。

隔天晚上和瑪穆特師傅進城時，我在八點十五分去了餐車巷的解放餐廳，比四天前看見紅髮女子弟弟離開的時間提早了半個小時。窗前有半拉開的蕾絲窗簾，從窗口看進去，我一個人也不認識。於是我打開門，環視幾乎沒什麼客人的餐廳。但是在茴香酒氣中還是沒看見熟面孔，不見那個紅髮女子的影蹤。

第二天，在我們奮力對抗的硬石層底下出現了軟土層，但我們都還未能全力衝刺，瑪穆特師傅又挖到了新的岩脈。當天晚上在魯米利亞咖啡屋，我們憂心忡忡沉默不語。過了大約一小時，我站起身來，沒有說任何理由便往廣場走去。人行道旁的一排杏樹遮住了視線，看不見那邊的窗戶，因此我改轉進餐車巷。這次，透過解放餐廳的蕾絲窗簾縫，我看見了紅髮女子、她弟弟、她母親與一群朋友坐在一個靠窗的桌位。

我一時緊張興奮，不完全清楚意識到自己的行動，就走了進去。他們笑著互相調侃，沒有注意到我進入。他們的桌上滿是茴香酒杯與啤酒罐。紅髮女子正一面抽菸一面聆聽談話。

一名服務生走上前來問道：「你在找人嗎？」

聽到這話，那一桌每個人都轉頭看我，他們的影像倒映在旁邊牆上的寬大鏡子裡。紅髮女子與我互瞄一眼。她臉上依舊是那溫柔表情，只不過這回顯得喜悅。我打量著她，她也打量著我，或許她在嘲笑我。她的纖纖玉手在桌上面浮躁地動著。

我沒有回答侍者的問題。「六點以後軍人不能到這裡來。」他說。

「我不是軍人。」

「十八歲以下也不行。如果你是來找人，就去吧，否則請你出去。」

「讓他進來，我們認識他。」紅髮女子對侍者說。其他人都沒說話。她看著我的眼神彷彿對我瞭若指掌，彷彿與我相識多年。她的眼神看起來是那麼溫柔和善，我簡直喜不自勝。我以熱情目光回望著她，但她卻看向他處。

我沒有對侍者說什麼便逕自離開，走回魯米利亞咖啡屋。

「你怎麼去了那麼久？」瑪穆特師傅問道：「你每天晚上離開這裡，都上哪去了？」

「這新的岩層也讓我心煩，瑪穆特師傅。」我說：「要是克服不了怎麼辦？」

「要相信你的師傅。就照我說的做，不用擔心。我會找到水的。」

父親的玩笑與話語向來讓我覺得有趣、讓我深思並考驗我的智慧，但我不一定全然相信他。然而，瑪穆特師傅的話總能安慰我、鼓勵我。有一度，我也相信我們會找到那井水。

十二

三天後，我們仍未超越新的岩層，我也一直沒有機會再見紅髮女子一面。我不斷重溫侍者企圖將我趕出解放餐廳時，她出言維護我的那一刻，不斷想起她充滿情感的表情，與她露出揶揄微笑時的美麗唇形。她的一舉一動都充滿優雅與令人難以抗拒的魅力。瑪穆特師傅與阿里輪流下井，用鶴嘴鋤慢慢地鑿著岩石。進度十分緩慢，天氣又炎熱難當，但是吊起碎石塊搬到手推車上，感覺上幾乎不是一件苦差事。我只須想著紅髮女子看我的溫柔眼神、想著她聲稱認識我的神情，就能無怨地堅持下去，深信很快就能找到水了。

有一天晚上瑪穆特師傅沒上恩戈蘭，我就直接走到劇場帳篷前排隊買票。坐在桌邊賣票的男人我從未見過，沒想到他竟對我說：「你不適合看這個！」然後打發我走。

起初我以為他大概是指我的年紀。不過在這種小鎮上一般民眾都很淡漠，就算小孩偷溜進更不堪的場所也不稀奇，大家連眼睛都不會眨一下。何況我都快滿十七歲了，而且每個人都說我看起來更老成。也許那人的意思是說，一個來自大城市、有教養的小少爺，不應該來看這種充滿低級笑料與齷齪場景的節目。這種粗俗、猥褻的笑鬧表演是為了提供那些頭腦簡單的士兵消遣娛樂，有可能和紅髮女子有關嗎？

從城裡回來的路上，我看著無邊無際的繁星，再次想到我以後要當作家。瑪穆特師傅在看電視等我回來。他問我是否又去了劇場帳篷，我跟他說沒有。我知道他不相信，從他的眼神和嘴角微露的不屑看得出來。

我們在炎炎暑熱中，整天一起轉動絞盤時，我偶爾也會看到同樣的輕蔑表情，這時我會滿心悔恨地暗忖自己想必做錯了什麼，或是讓他失望了卻不自知。也許他覺得我沒有盡力轉手把，或者我沒有仔細地把桶子掛得穩當。找水的時間持續得愈久，我就愈常看見那責怪、蔑視，或甚至略顯懷疑的表情凝結在瑪穆特師傅臉上。這讓我生自己的氣，也生他的氣。

父親從未如此關注過我，我也從未能像現在與瑪穆特師傅這樣，與他在一起一整天。可是父親從未輕視過我。有史以來我唯一一次為他感到愧疚，就是在他被關的時候。那麼瑪穆特師傅為什麼讓我如此毛躁不安？為什麼我會覺得隨時都需要如此順從、如此迎合他呢？當我們分站在咿呀作響的絞盤兩側，我會試著鼓起勇氣問自己這些問題，但終究還是做不到，而只是轉移目光，暗自生悶氣。

聽他說故事成了我與他在一起時最愉快的時光。那天晚上他看著電視的雪花螢幕，告訴我他對地底下的地層有何了解。有些地層既深且廣，沒有經驗的挖井人很容易便會覺得沒有盡頭。但你必須堅持下去。這些地層和人體的血管差別不大。就像人體血管輸送血液供給身體養分一樣，這些龐大的地下岩脈也以鐵、鋅與石灰岩的形式，傳送土地的生命活力。這些岩脈之間半隱藏著大大小小、形狀不一的溪流、峽谷與地下湖泊。

瑪穆特師傅的故事多半都會說到一口井往往在你最意想不到的時候冒出水來。例如五年前，有一個西瓦斯人把他叫到薩勒葉郊區，黑海邊的一塊地去挖井，可是眼看一桶又一桶沙土從井口送出，那人對先前的努力失去了信心，決定放棄。瑪穆特師傅解釋說沙土可能會騙人，不同的土層有時會像人體器官一樣糾纏在一起。不久，他就挖到水了。

瑪穆特師傅會誇口說歷史悠久的古老清真寺也找過他。「在伊斯坦堡，沒有一座古老的清真寺沒有挖井。」他有一回驕傲地說。他講述逸事時總喜歡夾雜一些瑣碎小事：例如亞希亞．埃芬迪清真寺的井就在門口一進去的地方，而瑪穆特帕夏清真寺那口三十五米深的井，則位在一道斜坡頂上的院子裡。進入老井以前，瑪穆特師傅會先點燃一根蠟燭放在桶子裡送下井去。如果到了井底火都沒熄，就表示下面沒有沼氣外洩，他自己也能安全進入這個潔淨之所。

瑪穆特師傅也很喜歡敘述伊斯坦堡人棄置或藏在井裡數百年的東西。在他那個年代，他發現過無數的劍、湯匙、瓶子、瓶蓋、燈，還有炸彈、步槍、手槍、玩偶、骷髏頭、梳子、馬蹄鐵，和其他許許多多難以想像的事物。他甚至找到過珍奇的銀幣。這些東西顯然是為了保存而被丟進枯井，只是經過許多年，甚至數百年，也就被遺忘了。這不是很奇怪嗎？如果你很在乎某樣寶貴的東西，卻把它留在井裡然後遺忘，這是什麼意思？

十三

海利先生在某個又悶又熱的七月午後，開著皮卡貨車前來，他認定眼下的情況已無可救藥，宣布了一個令我們心碎的消息：假如三天後還是沒有進展，他就要放棄這口井，不再繼續施工。瑪穆特師傅要是想繼續挖，就請自便，但他是不會再付我們工資了。當然，萬一瑪穆特師傅堅持不懈，最後果真找到水，海利先生還是會給他應有的酬勞，而且會公開讚揚他讓複合式工廠得以順利興建。只是目前他實在不忍心看到像瑪穆特師傅這樣技術高明、勤奮又可靠的挖井師傅，將精力與才能浪費在這塊無情土地上——一個毫無希望的地方。

「你說得對，我們不會在三天後找到水，兩天後就能找到了。」瑪穆特師傅看似毫不動搖地說：「放心吧，老闆。」

海利先生在蟬聲唧唧中開車離去，我們有好長一段時間都沒說話。十二點半開往伊斯坦堡的載客列車，戚空、戚空駛過後，我在胡桃樹下躺下來卻睡不著。即使想著紅髮女子和劇場也無法獲得安慰。

離胡桃樹五百公尺，在老闆的土地邊界外，矗立著一座二次大戰時的水泥砲台。我們去看過一次，瑪穆特師傅猜測這是為了防禦步兵攻擊所興建的機槍砲樓的一部分。我抱著幼稚的好奇心，試圖闖過擋住入口的蕁麻與懸鉤子，但實在過不去，便躺在草地上尋思。除非在接下來的三天當中挖到水，否則我拿不到獎金。但算一算，我已經存夠了錢，因此就算三天後沒找到水，我最好還是別再想什麼獎賞，直接回家去吧。

那天晚上，當我們坐在恩戈蘭的魯米利亞咖啡屋外享受和風吹拂，瑪穆特師傅說：「我們開挖到現在有多久了？」他每隔幾天就會問我這個問題，其實他自己心知肚明。

「二十四天。」我小心地說。

「包括今天嗎？」

「對，今天已經工作過了，所以我也把它算進去。」

「我們在那底下築了十三米深的牆壁，頂多十四米。」瑪穆特師傅說完看了我片刻，好像他的失望全都因我而起。

我開始注意到，我們一起使勁轉絞盤的時候，他臉上更常露出這樣的表情。我有種內疚感，但也有一種反抗的渴望想一走了之，我對自己的叛逆念頭又驚又怕。

我還沒弄清楚是怎麼回事，就開始心跳加速。我直挺挺地站著，彷彿化成了石頭。紅髮女子與家人正徒步穿過廣場。

我若是馬上追過去，可能會被師傅察覺我的迷戀，但我還沒能把事情想透徹，兩條腿已經迅速地付諸行動，未作任何解釋便衝離桌子。我一面小心留意不讓他們離開視線，一面繞路走過廣場，好讓瑪穆特師傅以為我要去郵局打電話給母親。

她比我印象中還要高。我為什麼要跟蹤他們？我甚至不認識這些人，可是跟在他們後面的感覺很好。我期盼她能用熟識的溫柔表情再看我一眼。這名女子略帶揶揄的友善眼神，彷彿讓我看到這個世界有多麼奇妙。不過有一部分的我仍忍不住覺得這所有的念頭都只是幻想而已。

在這樣的時刻裡，我心想：沒有人在旁看著的時候，我才是最完整的自己。這個事實我才剛剛開始發現。當沒有人在觀察我們，我們隱藏在內的另一個自我才能顯現出來，為所欲為。可是當你有個父親就近監督，第二自我就會繼續深藏不露。

紅髮女子身邊有個男人，可能是她父親。他們走在她弟弟與母親前面。跟在後面的我靠得夠近，能聽見他們在談話，但聽不清內容。

來到太陽戲院時，他們在牆縫邊停住腳步，路人經過這裡總免不了會停下來偷看一下電影。離他們五、六步外，較靠近螢幕的地方，有一個比較小的縫隙，沒有人站在那裡。我於是走過去，置身於他們與螢幕之間，但我太專注在他們身上，有一度根本無法專心看電影在演什麼。

近看之下，她的容貌不像我記憶中那麼美。也許問題出在螢幕散發的淺藍光線。不過她眼中與完美圓潤的嘴唇上，依然是那調皮的溫柔神情，也正是這表情的魅力支撐著我熬過三個多星期的勞苦艱辛。

她在螢幕上看到什麼有趣的畫面嗎？或是因為其他原因？接著我轉頭一看，才驀然驚覺紅髮女子不是對著影片笑，而是對著我笑。她又再度用那同樣的表情看我。

我開始汗如雨下。我想要靠近一點，和她說話。她肯定大我至少十歲。

「好了，走吧，快遲到了。」我認為是她父親的男人說。

我不記得自己究竟做了什麼，但想必是從牆邊走開，擋住他們的去路。

「這是怎麼回事？你在跟蹤我們嗎？」弟弟說。

「他是誰，圖爾蓋？」母親問他。

「你一整天到底都在做什麼？」紅髮女子的弟弟圖爾蓋說。

「他是軍人嗎？」父親問。

「他不是軍人……他是個小少爺。」母親說。

紅髮女子聽母親這麼說微微一笑，臉上始終帶著我注意到她在看我的時候那和善而調皮的表情。

「我在伊斯坦堡念高中。」我說道：「不過現在我在那上面幫師傅挖井。」

紅髮女子一直在打量我，專注地、意味深長地直視我的雙眼。「你和你師傅應該找一天晚上到我們劇場來。」她說完便和其他人走了。

他們往劇場帳篷走。我沒有跟去。但我看著他們一直走到道路轉彎處，才明白他們不是一家人，而是一個劇組，我於是開始幻想，滿心驚奇。

回去找師傅的途中，我看見一匹疲憊的老馬，正是三星期前我初次遇見他們時，替我們拉車的那匹馬。牠被拴在路邊的柱子，嘴裡嚼著草，此刻眼裡充滿更大的哀愁。

十四

隔天，就在午休前不久，我們聽見阿里在井裡面高聲歡呼。我們突破了岩層，他又能看見鬆軟土壤了。瑪穆特師傅將他拉上來後，親自爬下去看。不一會兒，他從井裡冒出來，宣布說確實突破了，緊接著肯定就能挖到深色土壤和水。見他停工抽菸，在井邊踱步時眼中閃著光，我們也跟著振奮起來。

當天我們加緊趕工到很晚，天黑後，累到無力進城，翌日天一亮便起床，繼續前一天的進度。但我們很快便發現，挖出來的都只是灰黃色的乾土，而且土鬆到幾乎不需要用尖鋤。瑪穆特師傅直接把土鏟進桶子，由於重量極輕，我和阿里可以很快就把土拉上來運走。沒多久，我開始不抱希望。

還不到十一點，瑪穆特師傅就上來，叫阿里代替他下井。

「要慢慢來，別揚起太多塵土。」他告訴阿里。「像那樣的塵土可能讓你窒息，你甚至會看不見上面的亮光。」

雖然我和阿里都一聲不吭，但這沙土與我們在岩石下方發現的土壤差異太大，這附近顯然根本沒有水。當天上午稍早，阿里便開始將這些土另外堆放，我則是一桶接著一桶繼續往上堆。

晚餐過後，我們前往恩戈蘭。坐在魯米利亞咖啡屋時，我又思索起已經考慮了兩天的問題，最後決定了：我不告訴瑪穆特師傅說紅髮女子也邀請他去劇場。我想獨自看她表演。再說，要是他察覺到我對她有意思，應該會企圖干預，最後我們可能會吵起來。我從來沒有像現在害怕瑪穆特師傅這樣害怕過自己的父親。這份懼怕是如何存留在我的心靈，我也說不上來，但我確實知道紅髮女子多少只是更增添我的這份恐懼。

我連茶都沒喝完就站起來，說道：「我要去打電話給媽媽。」我繞過轉角，大步奔向劇場帳篷，猶如作夢一般。

看見亮黃色的帳篷讓我悸動不已，就像童年時期看見從歐洲來到多瑪巴切表演的馬戲團帳棚。我又看了海報上的字，卻沒真正看進任何一個字，直到發現一塊新的告示牌，寫在粗糙牛皮紙上那幾個又大又黑的字頓時驚醒了我：

最後十天

我像夢遊般在街道上晃蕩。我沒看見在帳篷外賣票的男人，沒看見圖爾蓋（我想他應該是售票員的兒子），也沒看見紅髮女子或她母親。距離表演開始的時間還久，我便去了餐車巷，從一扇窗子看見圖爾蓋坐在一張擠滿人的桌邊。我走了進去。

紅髮女子不在，但圖爾蓋一看到我就招手示意我過去。我在他身旁坐下，完全沒有人留意到。

「幫我弄一張劇場的票。」我說：「告訴我多少錢，我再付給你。」

「不用在意錢。看你什麼時候想去，開演前來這裡找我就好。」

「可是你又不會每天來這裡。」

「你一直在跟蹤我們嗎？」他揚起一邊眉毛，露出淘氣的笑容。他夾起兩塊冰，放進一只空杯，然後斟滿茴香酒。「喝吧！」他說著將高高細細的酒杯遞給我。「你要是一口氣乾掉，我就帶你從後面偷溜進去。」

「今晚不行。」話雖如此，我還是一口乾了茴香酒，像個在街頭打滾的硬漢。我沒有再多逗留，很快便回瑪穆特師傅那兒去。

回到魯米利亞咖啡屋後，我覺得要讓自己違逆他，實在太困難了。我領悟到找到水的這個責任把我和他、和井綁在一起，更何況我們已經付出那麼多心血。我唯一想得到能反抗他的方法，就是向他討工資，說我決定回家。但那就意味著向水認輸，猶如面對逆境而膽怯的懦夫。

喝了茴香酒讓我有些頭暈。回程途中，爬上墓園山坡時，我覺得每顆星星都是一個念頭、一個時刻、一個事實、我的一個回憶。你可以一眼看見全部，卻無法同時思索。這就如同我腦子裡的言詞趕不上我作夢的速度。我的情感變化太快，無法充分訴諸言語。

因此情感比較像是圖畫，像我眼前的燦爛星空。我可以感覺到整體的天地萬物，但要去思考就比較困難了。正因為如此我才想當作家。所有無法表達的影像與情感，我都會加以深思，最後寫成文字。而且，我會做得遠比那些經常上書店去的第尼茲先生的朋友更好。

瑪穆特師傅邁開大步全速前進，只偶爾停下來，對著身後的黑暗高喊：「快點！」我們穿過田野走捷徑，每當腳下踢到什麼，我就會停下來凝神注視，被美麗的夜空迷得暈頭轉向。在高高的草叢中，已經能感受到夜寒。

「瑪穆特師傅！瑪穆特師傅！」我對著夜色喊道。「我們在井里不斷發現鐵和鎳的碎片，那會不會是天上掉下來的流星？」

十五

不是三天，而是整整五天後，海利先生才又開著皮卡貨車回來。他知道我們仍未找到一滴水，卻表現得毫不在意。他老婆兒子也一起來了。他帶著他們四處走走，指出要建造洗染工坊的地點。他隨身帶著藍圖，可以在圖上指出倉庫、辦公室與員工餐廳的相對位置。海利先生的兒子穿著新足球鞋，抱著一顆橡皮球聽父親說話。

他父子二人到土地的一頭去練射門，拿了兩塊石頭當門柱。母親在我的胡桃樹下鋪了一條毯子，從籃子裡取出她事先準備好的食物。她讓阿里來喊我們都過去吃午餐時，瑪穆特師傅十分厭煩。通常挖到井水時會舉行盛大的慶祝儀式，而他看得出來這趟鋪張又不必要的野餐是一場簡化的儀式，海利先生顯然早已幻想著找到水的那一天。瑪穆特師傅最後還是勉強加入我們，坐在毯子邊緣，滿地的水煮蛋、洋蔥番茄沙拉和美味糕點，他卻只吃了一口。

吃過飯後，海利先生的兒子躺在母親身旁睡著了。母親是個過度肥胖、手臂粗壯的婦人，臉上始終帶著微笑，她邊抽菸邊看《早安》日報，報紙邊緣被微風吹得沙沙作響。

我跟著瑪穆特師傅和海利先生來到堆放我們挖出的土石的地方。我從地主沮喪的表情看得出來，他知道那個洞裡沒找到水，短時間內（又或許永遠）也找不到。

「海利先生，請你再給我們三天……」

他的口氣是那麼唯唯諾諾。看到瑪穆特師傅變得如此卑微，令人覺得難堪，我也因此對海利先生心懷怨恨。海利先生回到胡桃樹下，與妻兒商量後又走回來。

「瑪穆特師傅，上次我們來的時候，你就要求再等三天。」他說：「我已經多給你三天了，但還是沒有水。這裡的土壤太糟糕，我不要再挖這口井了。挖井挖錯地點而放棄的人多的是，我們不是第一個也不會是最後一個。另外找地點開挖吧，你應該最清楚要從哪裡下手。」

「土裡的岩層有可能在你最意想不到的時候轉換。」瑪穆特師傅說：「我想在這裡繼續挖。」

「那麼你要是找到水再告訴我，我會馬上趕來，還會給你一筆更大的賞金。但我是生意人，我不可能繼續無限度地往一個枯洞裡倒水泥。從現在起，我不會再付給你任何工資或再替你買材料。阿里也不會繼續待在這裡。當然了，如果你決定開挖新的地點，我會再送他過來。」

「我會在這裡找到水的。」瑪穆特師傅說。

瑪穆特師傅和海利先生走到一旁結算費用與工資。我看著地主把該付的錢都付給瑪穆特師傅，發現他二人對金額都沒有異議。

海利先生的妻子讓阿里送來剩下的水煮蛋、糕點與番茄，還有他們帶來的西瓜。她既為丈夫的生意計畫難過，也為我們難過。

「我們順便載你回家。」他們對阿里說。當阿里跨上皮卡貨車，就只剩下我和瑪穆特師傅了。我們站在那裡看著他們駛離，阿里從車斗上朝我們揮手。我再次發覺這世界有多安靜，唯一的聲音只有蟋蟀持續不斷的單調鳴叫，就連伊斯坦堡的隆隆聲響也聽不見了。

當天下午我們完全沒有動工。我躺在胡桃樹下，懶洋洋地沉浸在白日夢裡。我想著紅髮女子，想著成為劇作家，想著回家，想著見到貝敘塔希的朋友們。我正在水泥砲台入口處的懸鉤子灌木叢旁端詳一座蟻丘，瑪穆特師傅走了過來。

「孩子，我們再試一個星期。」他說：「我先欠你幾天工資……順利的話，下週三以前就會完工，到時候也會拿到大筆獎賞。」

「可是瑪穆特師傅，萬一惡質的土壤沒完沒了，我們一直挖不到水呢？」

「相信你的師傅，照我說的做，其他的就交給我來操心吧。」他注視著我的眼睛說，然後摸摸我的頭髮，抓住我的肩膀往前一拉，給我一個安撫的擁抱。「你總有一天會有出息的，我感覺得到。」

我再也提不起力氣反駁他，而這也讓我內心氣憤又消沉。我記得當時想著：只要再一星期就好。在這最後一個星期，我打算再去找出紅髮女子，還要去帳篷劇場看表演。

十六

三天下來，土壤的顏色都沒變。由於只有我獨自奮力轉動絞盤，瑪穆特師傅沒有把桶子裝滿，結果速度就更慢了。土壤非常鬆軟，他工作起來輕鬆順手，我把空桶放下去以後，他鏟個幾下就裝好，然後馬上大喊：「拉——！」

儘管如此，我仍得花費老半天工夫才能拉起半滿的桶子倒進手推車。瑪穆特師傅在井裡愈等愈不耐煩，很快便抱怨起我的怠惰，偶爾還會發脾氣。有時當我去傾倒推車的沙土，整個人好像虛脫一般，不得不坐在地上休息片刻。等我回到井邊，師傅會吼得更大聲。有時候實在去了太久，他會堅持要我拉他上來，讓他親眼看看我為什麼這麼慢。但其實用絞盤拉他上來是最費力的工作，他出井後發現我精疲力盡，便不忍再大聲斥責。他可能會說：「你怎麼這副鬼樣子，孩子。」然後去躺在橄欖樹下，等我恢復體力。見他展現這種類似父愛的關懷，讓我既心慌又感動。我自己才剛到胡桃樹下躺下來，就聽到瑪穆特師傅的聲音半命令半哄騙地叫我起來。

現在我們每天晚上都會一起進恩戈蘭。每一次，我都會從魯米利亞咖啡屋外的桌邊起身，到街上晃來晃去，希望能巧遇紅髮女子或是溜進劇場帳篷。

前兩天晚上運氣不佳，但到了第三天，圖爾蓋在木匠的店鋪附近追上了我。

「你好像心不在焉啊，挖井的小師傅！」

「帶我進劇場，我可以買票。」我說。

「到餐廳來吧。」

我們便往有蕾絲窗簾的解放餐廳走去，進到裡面加入其他演員。「進劇場以前，你得先學會怎麼喝茴香酒。」圖爾蓋說。

他看起來大我五歲，也或許六歲。他笑鬧著往我面前擺了一杯冰冷的酒，當我一口乾下，他和身旁的人咬咬耳朵，不知說些什麼。幾點了？瑪穆特師傅等急了嗎？不管他了，要是今晚他們讓我進去，我就去。

「後天這個時間再回這裡來，帶你師傅一起來。」圖爾蓋說。

「瑪穆特師傅很排斥喝酒和看戲。」

「我們會說服他。你們星期日晚上回這裡來，我爸爸會來接你們過去。不必付錢或買票。」

我沒有再耽擱太久，不一會兒便又回到瑪穆特師傅身邊。回帳篷的路上，他懷想著以前挖到井水的快樂日子。有一回，雇用他的地主為了慶祝這個好消息，在井邊大宴賓客，烤了四頭全羊，請了上百人。水很可能在最意想不到的時刻從土裡冒出來，給你一個大大的驚喜。神會親自出手將水潑在虔誠的挖井人臉上，那第一道水花的力道總是強烈得有如男嬰射出的弧狀尿柱。第一眼見到水，挖井人都會像個抱著新生兒子的父親一樣笑開懷。有一次成功挖到水時，大夥欣喜若狂，地面上的人竟不小心丟了一顆石頭到井裡，砸傷了挖井師傅的肩膀。還有一次，有個村裡的長者因為找到水而喜不自勝，每天都要到挖井地點，聽兩名學徒再一次描述最初噴出水來的情景。每聽一次，就賞每個講述者兩大張舊鈔票。但如今已經沒有那樣的長者了。從前，絕對沒有一個地主敢對認真勤奮的挖井人說：「以後的事我不管了，不過你要是想帶自己的人、自己出錢繼續挖，就請自便！」有錢人會覺得自己應該像父親一樣負起責任，為在他土地上挖井的人提供餐點、負擔所有支出，給予合理的酬勞與慷慨的獎賞，不管有沒有找到水。但我們並不怨恨海利先生，他是好人，只要我們一找到水，他就會給予我們所有應得的報酬，並用堆積如山的禮物將我們埋沒，一如昔日那些好人。

十七

第二天，我們挖的土變得更淡、更輕。每一桶土，我都看得出來乾巴巴的，像乾草一樣輕。粉塵般的沙土裡夾雜著磨損到薄如膜的獸皮，像貝母一樣平滑、像我小時候玩的用雲母做的玩具士兵一樣脆弱的碎片，歷時上百萬年、顏色如同我膚色的小石子，半透明的貝殼，大得像鴕鳥蛋的奇怪石頭，還有一些非常輕、丟進水裡就像浮石似的石頭。我們好像愈挖離水愈遠，因此兩人都沉著臉默默地辛苦工作。

但我知道次日晚上便能進劇場，內心裡高興得不得了，什麼事都破壞不了這份好心情。我甚至比瑪穆特師傅要求的更加努力，因此當天結束時，幾乎站都站不直了。但反正那天也不必去恩戈蘭。晚餐過後，我躺到帳篷邊緣，看著星星入睡。

過了午夜，我驀地驚醒。瑪穆特師傅不在帳篷裡。我小心謹慎地走入黑夜中。整個世界好像空無一人，我是宇宙裡僅剩的生物。這個念頭讓我渾身打顫，就像感受到一陣無形的風。然而萬物仍像是充滿一種被施了魔法的美。我覺得頭頂上的星星愈離愈近，並感覺到眼前即將展開非常幸福的生活。可不可能是紅髮女子叫圖爾蓋讓我明晚進劇場？不過這個時間，瑪穆特師傅會跑到哪去？

一陣涼風吹來，我連忙躲進帳篷內。

第二天醒來，瑪穆特師傅已經回來，我還看見帳篷裡有一包新的香菸。那天我們工作到很晚，仍毫無進展。此時井底真的很深了，而且不時捲起灰塵。結束一天的工作後，我和瑪穆特師傅互相用水淋頭。如今我已經習慣看他赤裸上半身，我注意到他身上有那麼多瘀傷刮痕，注意到他儘管骨架寬闊卻骨瘦如柴，也注意到他的皮膚是那麼蒼白又滿布皺紋，心裡想著我們永遠找不到水。

我希望瑪穆特師傅決定當晚不去恩戈蘭，那麼我便可以輕而易舉前往劇場。不料他卻說：「我去買香菸。」並趕在我之前出發。坐在魯米利亞咖啡屋外的老地方時，我很緊張。到了八點半，我靜靜起身走到餐車巷。我原本幻想著看戲之前，坐在餐廳裡與紅髮女子聊天是何等美好，沒想到她和她弟弟都不在。他們平常坐的座位上，有另一個人招手叫我過去。

「九點五分到帳篷後面來，他們今晚不在。」那人說。

一開始我以為他的意思是說「他們今晚不在劇場」，不由得心煩意亂。我坐在桌旁就像和朋友吃飯一樣，往一只空杯倒入冰塊和茴香酒，一口氣喝下，動作快得像扒手。

走出餐廳後，我經由後巷前往劇場，以免被瑪穆特師傅看見。九點五分時，我在黃色帳篷後面等著，這時出現一個人很快地拉著我進去。

節目已經開始，觀眾差不多介於二十五至三十人之間，陰暗的角落裡有一些黑影，但看不清楚。中央高大的空間被一顆顆裸燈照亮，讓道德故事劇場的帳篷有一種超脫塵世的氛圍。帳篷布內側是深藍色，宛如夜空，上面畫著大大的黃色星星，有些拖著尾巴，有些遙遠渺小。之後的許多年間，在我心裡，我們高原上方的星空經常與道德故事劇場內的天空融合為一。

茴香酒的酒氣衝腦，我有些醉了。但我怎麼也想不到，當晚在帳篷裡的一個小時當中所看見的某些事物，竟然會對我的人生產生無法抹滅的影響，幾乎就像昔日某天無意中讀到了伊底帕斯的故事，便再也忘不了。然而那個時候，比起舞台上演出的故事，我更想看紅髮女子。因此我會透過朦朧的意識，盡可能描述當晚所見，再以多年後從閱讀與研究中得知的內容填滿其中的空隙。

道德故事劇場的宗旨在於延續一九七〇年代中至一九八〇年軍事政變期間，巡迴劇團的傳統，當年這些劇團在安納托利亞半島上，為當地居民巡迴演出充滿政治意味的左派戲劇節目。可是道德故事劇場並未以反資本主義為宣傳重點，表演節目反而多半都是古老的愛情故事、古代史詩與民間故事的情節，以及伊斯蘭與蘇非教派傳統的寓言。這些內容，有一些是當時的我完全無法了解的。我進入帳篷時，他們正在表演兩齣短劇，諷刺一些極受歡迎的電視廣告。在第一齣劇，有個小男孩穿著短褲、留著引人注目的短鬚，抱著一個小豬撲滿走上台，問他駝背的奶奶說存起來的錢該怎麼花。當奶奶（我想是由紅髮女子的母親扮演）用黃色笑話回答，嘲弄那些常見的銀行廣告，所有觀眾都笑了。

第二齣短劇演些什麼，我實在說不上來，因為這時候紅衣女子穿著迷你裙出場了。我從來沒看過這麼修長的腿，她的頸肩也都裸露在外，風采動人又擾人心神。她的眼睛四周畫了粗粗的黑眼線，豐潤的圓唇塗上一種在燈光下似乎會閃閃發亮的紅色口紅。她拿起一盒洗衣粉，開口說話，舞台上一隻黃綠相間的鸚鵡回嘴頂她。那只是一隻絨毛鸚鵡，但有人從翅膀的地方替它說台詞。場景的設定可能是在一間雜貨店，鸚鵡一面戲弄顧客，一面發表關於人生、愛情與金錢的言論。眾人大笑時，我一度覺得紅髮女子在看著我，登時怦然心跳。她的微笑是那麼親切，她纖細的雙手是那麼靈巧。我深深愛上了她，這份感情加上茴香酒的作用，讓我無法徹底理解舞台上的情形。

每齣短劇演出約幾分鐘，然後很快又接著另一齣。數年後，我參考了許多書籍與電影，去追蹤每一齣劇的來源。例如在其中一齣，我以為是紅髮女子父親的那個男人，頂著像紅蘿蔔一樣長的鼻子上台。起初我心想這肯定是小木偶皮諾丘，但男人隨即說了一段長長的獨白，我後來才查出這段話摘自《大鼻子情聖》。這齣短劇的寓意是「最重要的不是外貌，而是心靈的美」。

有一場戲是模仿《哈姆雷特》，劇中有骷髏頭、有書，還有名句「是生還是死」，這場戲完後，所有演員一起合唱一首古老民歌，歌中說愛情是幻影，金錢卻很實在。這時，紅髮女子刻意想對上我的目光，讓我開始頭暈。在愛情與茴香酒的影響下，我無法全然了解演員說的每句話或是短劇的演出內容，但我目睹的情景卻永遠烙印在記憶中，一如紅髮女子的眼神。

有一齣短劇我確實看懂了，因為我聽父親說過先知亞伯拉罕的故事，在學校也上過關於宰牲節的課程。飾演這個沒有子嗣的先知的演員，就是最初趕我離開帳篷的男人。亞伯拉罕求上帝賜他一個兒子，最後得償宿願（以布偶呈現）。當兒子長大後（這時由一名兒童演員扮演），亞伯拉罕要他躺在地上，用刀子抵住他的喉嚨，同時發表一些關於父子與服從的深刻見解。

他的話語深深震撼每個人，帳篷內一時鴉雀無聲，直到紅髮女子再次上台才打破靜默。她換上一身新衣，變成了天使，有紙板做的翅膀和清新妝容。太適合她了。觀眾對她與她身邊的玩具綿羊報以熱烈掌聲，我也熱情加入鼓掌行列。

最後一場戲也最令人印象深刻，那畫面將讓我終身難忘。我在觀看時就已經知道，但我要再次重申，當下我並不完全理解。

兩名穿著青甲、戴著護面鋼盔的武士站在舞台中央，揮舞長劍與盾牌。當他們互相撞擊，揚聲喇叭便傳出事先錄製的擊劍聲。武士暫停下來交談了幾句，但很快又再次打起來。我猜躲在那兩副盔甲底下的，必定是圖爾蓋與紅髮女子的父親。他們搏鬥時刺向彼此的喉嚨，接著倒地扭打，最後擺脫開來。

受到這撼動人心的場面深深吸引的，恐怕不只有我一人。忽然間，老武士一拳將年輕武士打倒，跨坐在他身上，把劍刺入對手的心臟。一切發生得太快，所有人都呆愣住，一時竟忘記這只是演戲，劍也只是塑膠製品。

年輕武士高喊出聲，他還沒死，他還有話要說。老武士以一個正直的勝利者的信任態度脫下頭盔（他果然是我以為是紅髮女子父親的那人），俯身傾聽。但就在此時，他發現了垂死男子手腕上的手鐲，驚駭至極。他脫去年輕人的護面（結果不是圖爾蓋，是另一個演員），隨即痛苦地向後退縮。從他誇張的姿態看得出他顯然犯了大錯，他的痛苦彷彿永無止境。片刻前，我們都還看著同一批演員諷刺電視廣告的演出哄堂大笑，但此時此刻，每個人都肅然起敬安靜無聲，因為連紅髮女子都在哭。

老武士頹坐在地，抱著奄奄一息的年輕武士痛哭。他的眼淚情真意切，所有人都出乎意外地感動。老武士滿心懊悔地哭泣，不久我也開始覺得懊悔。

我從未見過誰如此坦率地流露這種情感，無論是在電影院或在漫畫書上。直到這一刻以前，我都以為這種情感只能訴諸文字。但現在，單單只是看到某人在舞台上的表演，我便能感覺到痛徹心扉的悔恨。

紅髮女子看到眼前這一幕痛苦萬分，她心中的悔恨不比兩名武士少，淚水流得更多更急了。也許那兩個男人有什麼關係，正如同她與她的演員同伴一樣。帳篷內一點聲響也沒有，紅髮女子的哭泣聲轉變成為哀悼，接著又變成一首史詩。在這首做為結語的詩中，紅髮女子憤怒地提到男人，提到男人讓她經歷的遭遇，也提到生命。我一面聆聽，一面試圖捕捉她的眼神，但現場太暗，她看不見觀眾群中的我。因為我們的目光始終沒有交流，我幾乎無法確切地聽懂或記住她說的話。我感覺到一股難以按捺的衝動，想去和她說話，想靠近她。節目最後便以她這段詩詞形式的長篇獨白終結，隨後為數不多的觀眾也很快都散了。

十八

走出劇場帳篷時，我往後退了幾步，看見紅髮女子就在售票桌附近。她已經脫下戲服換上便服，穿了一件天藍色長裙。

我笨拙的熱情、舞台上的表演，以及方才喝下的茴香酒，三者聯手促使我未能領悟到這是在當下，反而覺得置身於過去的某一刻。一切都顯得片斷零散，猶如記憶。

「你喜歡我們的表演嗎？」紅髮女子微笑問我。「謝謝你的掌聲。」

「我太喜歡了。」她的溫柔笑容讓我壯起膽子說。

如今許多年過去了，嫉妒之心仍驅使我將她的名字保密，甚至不想向讀者透露。但我必須完整而真實地敘述接下來發生的事。我們像電影裡的美國人一樣自我介紹。

「傑姆。」

「古吉菡。」

「妳演得真好，整場表演我從頭到尾都在看妳。」我必須強迫自己用比較不正式的口吻說話，因為她近看年紀大了許多。

「井挖得怎麼樣了？」

「有時候我覺得永遠也挖不到水。」我說完本想加上一句，**我之所以還留在這裡，完全是為了想看看妳！**卻怕她心生反感。

「昨天你師傅來這裡了。」紅髮女子說。

票。」

「誰？」

「瑪穆特師傅。他堅信會找到水。他很喜歡看戲，也很喜歡我們的表演。他買了

「我懷疑瑪穆特師傅從來沒看過戲。」我懷著占有欲這麼說。「我有一次跟他提起伊底帕斯和索福克勒斯，他還對我發脾氣。妳是怎麼說服他的？」

「他是對的，希臘戲劇在土耳其行不通。」

紅髮女子是故意讓我嫉妒瑪穆特師傅嗎？

「他不認同那齣戲是因為兒子和母親同床共枕。」

「看到我們節目最後父親殺死兒子，他一點也不覺得怎麼樣……」她說：「他好像真的很喜歡那些古老的神話和傳說。」

表演結束後，她上前和瑪穆特師傅攀談了嗎？不知怎地，我就是無法想像在我入睡後，他像個週末放假的士兵一樣，進恩戈蘭去看戲。

「瑪穆特師傅對我很兇。」我說：「他唯一在乎的就是找到水。他甚至不希望我來看

戲。他要是知道我今晚過來，一定會大發雷霆。」

「放心吧，我會跟他說。」紅髮女子說。

我妒火中燒，幾乎說不出話。難道瑪穆特師傅和紅髮女子變成朋友了？

「你師傅很專橫嗎？很嚴格嗎？」

「可以這麼說，不過他像父親一樣照顧我，還會跟我聊天、會關心我。但他也要求我服從他的命令，完全都要照他的話做。」

「那就照他的話做吧！」紅髮女子露出甜美的笑容說：「他又沒有強迫你當他的學徒……你家境不是挺好的嗎？」

瑪穆特師傅告訴紅髮女子說我是小少爺嗎？他們談到我了嗎？

「我爸爸拋棄我們了！」我說。

「那他根本不配當父親。」她說：「給你自己找個新爸爸吧。在這個國家，我們都有很多父親：有父國、阿拉、軍隊、黑手黨……在這裡，誰都不應該沒有父親。」

此時紅髮女子在我眼裡不只美麗而且聰明。

「我爸爸以前是馬克思主義份子。」我說。（為什麼要說「以前」呢？）「我小時候他被抓起來拷問過，還坐了好幾年的牢。」

「你爸爸叫什麼名字？」

「亞金・伽利克。不過我們的藥局名叫哈亞特，代表『生命』，而不是代表『鋼鐵』的伽利克。」

聽我這麼一說，紅髮女子不知想什麼想得出神。她好像失了魂似的，大半晌沒有作聲。我說錯話了嗎？她哪在乎我父親是馬克思主義份子？也許她只是累了，覺得鬱悶。於是我聊起了父親常在藥局待到深夜，我總會替他送晚飯，我還描述貝敘塔希的購物區。她仔細聽著我說的每句話。但我不喜歡談論父親，就像不喜歡提起瑪穆特師傅一樣。我們沉默了一會兒。

「我和我先生住在這裡。」她指向我經過無數次，並不時凝視著窗戶的那棟建築。

我感到心碎又憤怒，好像戴了綠帽子。但儘管我喝醉了，還是能理解像她這個年紀的女人，隨著一支下層社會的劇團在土耳其各地巡迴，必然是已婚身分。先前怎麼就沒想到呢？

「妳住哪一樓？」

「從街上看不見我們的窗戶。有一個以前信奉毛澤東思想的人邀請我們到恩戈蘭來，他就住在這裡，我們住的是二樓。圖爾蓋的父母住樓上。我們的窗子面向後花園。圖爾蓋跟我說你每次經過的時候，都會盯著窗戶看。」

祕密曝光讓我覺得丟臉。但紅髮女子的笑容和善、嘴唇美麗性感，一如既往。

「晚安，很棒的表演。」我說。

「不，我們去走走吧。我很好奇，想聽聽你父親的事。」

特此告知將來讀這個故事的好奇人士：很不幸地，在那個年代，當一個年約三十來歲、化了妝（哪怕只是為了表演）、穿著漂亮的天藍色裙子、美麗迷人的紅髮女子，在晚上十點半對一個男人說「我們去走走」，大多數男人都只會聯想到一件事。當然了，我不是這樣的男人，我只是個藏不住自己內心迷戀的高中生。何況這個女人已經結婚，我們又在伊斯坦堡附近，因此很接近歐洲，離保守的安納托利亞中心地帶十分遙遠。而且這個時候，我腦子裡滿是左派政治的道德觀——換句話說，也就是我父親的道德觀。

我們一語未發走了一段路，我則不斷暗想著為什麼不說話。幽暗角落似乎亮了些，不過恩戈蘭上空看不到星星。有人把一輛腳踏車停靠在車站廣場的國父雕像旁。

「他有沒有跟你談論過政治？」紅髮女子問道。

「誰？」

「你爸爸那些激進派的朋友有沒有去過你家？」

「其實我爸爸從來不在家。而且他和我媽媽都不希望我捲入政治。」

「這麼說你爸爸沒有把你變成左派份子囉？」

「我想當作家……」

「那你可以幫我們寫劇本。」她神祕一笑。此時她心情變得開朗，充滿令人屏息、暈眩的迷人魅力。「我很想有人為我的一生寫一齣戲或一本書，類似今天表演最後的獨白那樣的東西。」

「那段獨白我不太懂。妳有沒有把它記下來？」

「沒有，那些台詞都得根據當下的靈感即興發揮。喝一杯茴香酒會有幫助。」

「我一直想要寫劇本。」我用一個自命不凡的在校生的自負神情說：「但我應該先讀一些。我會從經典入門，例如《伊底帕斯王》。」

在那個七月的夜晚，車站廣場有如記憶般熟悉。黑夜掩飾了恩戈蘭的貧窮與普遍的破敗，淡橘色街燈讓老舊車站建築與廣場化成風景明信片。軍用吉普車緩緩巡視著廣場四周，強烈的車頭燈照見了附近一群野狗。

「他們在找逃犯和鬧事的人。」紅髮女子說：「不知道為什麼，城裡的士兵好像特別無恥。」

「可是你們不是還特別為他們演出週末早場嗎？」

「我想我們多少也要賺錢吧……」她直視著我的雙眼說：「我們是民間劇場，不能像國家劇團一樣仰賴政府的薪水。」

她湊上前來撥掉我衣領上的一根稻草稈。感覺上，她的身體、她的長腿和她的胸部離我的身體好近。

我們默默往回走。經過杏樹下的時候，紅髮女子的黑眼珠彷彿變成綠色。我焦慮起來。遠遠地，已經可以看到過去一個月來我不時窺探著窗戶的那棟樓房。

「我先生說以你的年紀，喝茴香酒的酒量算是很不錯了。你爸爸也喝嗎？」她說。

我點點頭，心思則飛快轉著，回想自己會是在何時何地與她丈夫一起喝過酒。我想不起來，卻也無法開口詢問。我的心碎了，現在只想把一切拋到腦後。一想到井挖完之後，便再也見不到她，我已經開始像個孩子一樣傷心難過，這比被人發現我偷偷凝視他們的窗戶（結果那根本不是他們的窗戶），更令人痛苦。

我們在距離他們家約一百公尺處的一棵杏樹下停下來。即便到了現在，我仍想不起是她還是我先停下腳步。她看起來是那麼聰明、那麼溫柔。她對我微微一笑，笑容中帶著親切、慈愛，以及她從舞台上投向我的那種堅定樂觀的眼神。方才在劇場看著對決後痛哭的父親與他兒子所感受到的悔恨之情，此時又再度湧現。

「圖爾蓋今晚去伊斯坦堡了。」她說：「也許你可以喝一點他的茴香酒，如果你也像你父親一樣愛喝的話。」

「好啊。我也可以順便見見妳先生。」

「圖爾蓋就是我先生。」她說：「前幾天你跟他一起喝酒，還跟他說你想看戲，記得嗎？」

有好一會兒，她都沒再說話，讓我慢慢接受這個被揭露的事實。「有時候圖爾蓋會覺得尷尬，因為老婆比自己大七歲，所以他會忘記提我們結婚的事。」她說：「他也許年輕，但他非常聰明，也是個好丈夫。」

我們又起步往前走。

「我還在想我是在哪裡和妳先生喝過酒呢。」

「圖爾蓋跟我說，那天晚上你們在餐廳開了一瓶茴香酒。家裡還剩半瓶。我們那位毛派份子老朋友也有一些土產的白蘭地。他很快就會回來，然後我們就要走了。我會想念你的，小少爺。」

「什麼意思？」

「你也知道我們的工作模式，我們在這裡的表演已經結束了。」

「我也會想念妳。」

我們站在他們住家樓房外面，身體靠得很近。我發現她美得驚人。

她掏出鑰匙打開大門，說道：「我們有冰塊和點心，可以讓你配茴香酒。」

「點心就不用了。」我說得好像在趕時間，無法久留。

前門開了，我們走過狹窄漆黑的走廊。我聽見她在黑暗中把弄鑰匙圈，尋找另一把鑰匙。接著她點亮打火機，火焰照出帶著威脅的陰影，在這些陰影環伺下，她找到了鑰匙與鑰匙孔，打開門，走進公寓。

她開燈時面轉向我，微笑說道：「別害怕。我的年紀都足以當你母親了。」

十九

那天晚上，是我這輩子頭一次和女人上床。這是重要的一刻，也是神奇的一刻。我對人生、對女人、對我自己的認知，都在瞬間改變。紅髮女子讓我認識了自己，得知了幸福的真諦。

原來她三十三歲，也就是說她幾乎比我多活了一倍的時間，但也可能是十倍之多。那天，關於年齡的差距我沒有多想——我知道這個差距會引起學校同學與鄰里朋友的莫大興趣與羨慕。但即便是在當下，我已經知道我永遠不會把完整詳細的過程告訴任何人。就連現在我也不會深入太多細節，其實就算當時我老實說出來，朋友們也只會斥為「謊話」。如今只須說紅髮女子的胴體遠比我想像得更美好，加上她毫無忌憚、畏懼，甚至略顯厚顏的行為，將那整個晚上變成一次不可思議的特殊體驗。

我把圖爾蓋的茴香酒全部喝完，也在最後關頭喝下一杯白蘭地（那位昔日信奉毛澤東思想的酒主人，現在在外地替人製作招牌），因此當午夜過後許久，我離開恩戈蘭時，連路都走不直，覺得像在作夢一樣，看著一分一秒往體外鋪展開來。就連我的幸福感彷彿也是由一個外界觀察者記錄著。

然而，當我開始爬上墓園山坡，對瑪穆特師傅的懼怕突然襲將上來。我覺得我必須保護自己內心這份巨大的幸福感，不能被他的憤怒破壞。我如此快樂甚至可能招他嫉妒。一通過墓園（此時連貓頭鷹都入睡了），我從別人家的土地抄捷徑走，不小心踢到一堆土，輕輕跌在草地上，發現頭頂上的天空星光閃爍。

這時候我看見了整個宇宙的神奇美妙。急什麼呢？我何必那麼怕瑪穆特師傅？假如紅髮女子沒有騙我，那麼他自己也到黃色帳篷去看戲了，想到這點我仍感到莫名的妒忌。我不敢相信他們在表演結束後交談過，我想把這種可能性忘得一乾二淨。但同時我也知道這無所謂，和紅髮女子這樣的人上床後，大幅提升了我的自信，讓我自覺無所不能。那口井裡絕對挖不到一滴水，但我還是要拿到錢、回家、報名補習班、在入學考試中名列前茅，然後成為作家，過著像此刻眼前的群星一樣璀璨的生活。我顯然有自己的宿命，我現在知道了。說不定我甚至會寫一本關於紅髮女子的小說。

有一顆星墜落。我全身每個細胞都感覺到眼前的世界與腦中的世界完全吻合，我全神貫注凝視著夏日天空。倘若能解讀星語，星象排列肯定會揭露我人生中所有的祕密。所有美好的事物，全都與星星有關。那天晚上，我真正體會到自己會成為作家，只需要認真觀看，加以理解，然後訴諸文字就行了。我對紅髮女子滿心感激，宇宙萬物與我的所有心思都一齊瞄準了單一個目標。

又有一顆星墜落。也許只有我一人看見。我思，故我在。這種感覺真好。我可以細數星星，我可以細數唧唧蟬鳴。我在這裡：一、二、三、五、七、十一、十三、十七、十九、二十三、二十九、三十一……

草搔著我的頸背，我想起紅髮女子觸摸我肌膚的感覺。我們在客廳沙發上做愛，有幾盞燈還亮著。我繼續想像她的胴體、那對豐滿的乳房、燈光照在她古銅色肌膚的情景，當我想起她美麗的嘴唇送上的吻，以及她雙手撫摸我全身的觸感，不禁想要再次與她溫存。但是她丈夫圖爾蓋明天就要從伊斯坦堡回來，當然也就不可能了。

我在恩戈蘭那幾個寂寞夜晚，圖爾蓋好心地與我為友，我卻恩將仇報，趁朋友不在的晚上和他美麗的妻子上床。酒醉的我絞盡腦汁，為自己找藉口脫罪，想自我證明自己不是個可怕的雙面叛徒：在得知圖爾蓋是她丈夫的時候，我確實已經陷得太深了。反正圖爾蓋也不是老朋友，我只見過他三、四次面，我如此說服自己。再說，這些漂泊不定的劇團演員為了娛樂軍人，跳著那麼曖昧的舞還講述粗俗的故事，並不完全把健全的家庭價值觀當一回事。誰曉得呢？說不定圖爾蓋自己也背著妻子和其他女人搞七捻三。說不定他們會彼此分享自己的婚外情奇遇。說不定明天紅髮女子就會把她和我的事告訴圖爾蓋。說不定她甚至提都不會提，一股腦兒把我全忘了。

我心情變得惡劣，再度被稍早在帳篷裡看戲時的悔恨所盤據。我依然想不出那幾幕怎會在我心裡激起這種感覺。同時我也無法忍受，瑪穆特師傅竟然看過同一齣戲。除了師傅來看戲那次之外，他和紅髮女子還碰過面嗎？

我的腳步踩著乾草逐漸接近我們那個寒酸的小帳篷。天空如此遼闊，宇宙橫無際涯，我卻仍不得不擠進那個狹隘的地方。

瑪穆特師傅正睡著。我靜靜爬上床時，聽見他說：「你上哪去了？」

「我睡著了。」

「你把我丟在咖啡屋。你去劇場了嗎？」

「沒有。」

「現在是清晨四點鐘。你到現在還沒睡覺，怎麼受得了明天的炎熱？」

「我覺得無聊，他們就給我茴香酒喝。」我說：「天氣很熱。我在回來的路上躺下來看星星，八成是不知不覺就睡著了。我睡得很飽，瑪穆特師傅。」

「別想騙我，小子！挖井可不是鬧著玩的。你也知道我們快挖到水了。」

我沒有應聲。瑪穆特師傅走到外面去。我透過帳篷門簾望著星星，心想很快就會忘卻此時的不快，進入夢鄉，但我卻無法將他逐出腦海。

他為什麼問我是不是去劇場了？他嫉妒我嗎？像紅髮女子這樣一個世故的劇場演員，當然絕不可能搭理瑪穆特師傅這種鄉下粗人。但是她卻難說。也許正因如此我才會這麼快便為她傾倒。

我走出帳篷去找瑪穆特師傅。真不敢相信，在這大半夜裡，他好像正往恩戈蘭走去。難以克制的憤怒與疑心讓我的五臟六腑翻攪起來。在無盡的夜裡，閃耀的星光下，我勉強認出了瑪穆特師傅的陰暗身影。

但他忽然步下道路，朝著我的胡桃樹走去。我看見他坐在樹下，點起香菸。我在草地上躺了許久，等著他抽完菸，唯一看得見的只有他香菸頭的橘色亮點。

等我確定他終究不是要去恩戈蘭，便趕在他之前回到帳篷睡覺。但是那天晚上遠遠看著他的那段記憶，多年都無法抹滅。有時候在夢裡我會有第三隻眼，同時看著瑪穆特師傅，並觀察著正在看他的年少的我。

二十

翌日清晨，我照常在曙光像金黃長刀刺入帳篷狹縫時醒來。我恐怕睡不到三小時，卻覺得已獲得充分休息，前一晚與紅髮女子共度的體驗讓我元氣飽滿。

「你睡飽了嗎？夠警覺嗎？」瑪穆特師傅啜著茶問道。

「我很好，師傅，從來沒這麼好過。」

我們沒有提起我前一天多晚才回來。瑪穆特師傅一如前五天一樣下井，到了井底變成小小、黑黑的模糊一團，把土鏟進一個更小的桶子裡，然後每隔一定時間便高喊：

「拉——！」

他身在地下二十五米處，可是透過混凝土圓筒看去，距離彷彿加大了。有時候，當太陽強光刺得我睜不開眼，讓我焦慮地察覺我再也無法將他從井底拉上來，我便會俯身更仔細地瞧一瞧，唯恐無意中陷入那樣的思緒中。

將桶子拉上來的工作日益艱難。如今繩索不會維持垂直，搖晃的桶子會撞到井壁，好像受到一陣神祕的風衝擊似的。我們也猜不出搖晃的原因。由於我必須獨自操作絞盤，每次總是瑪穆特師傅擔心桶子掉下去砸到他的頭，從底下對我大吼，我才會發覺桶子搖晃的弧度。

隨著瑪穆特師傅離井口愈來愈遠、身形愈變愈小，他的怒吼似乎也更加頻繁且過度嚴厲。太慢把桶子放下去會被吼，倒土倒得太慢會被吼，有時候純粹只是因為乾燥土壤揚起灰塵，他也會對我發脾氣。師傅的喊叫聲在混凝土井內回響，我心裡則回盪著詭異的內疚回音。

我會躲進白日夢裡，幻想著紅髮女子的溫柔笑容、她的美麗胴體、她的熾熱肉慾。想她的感覺太美好了。中午休息時，是不是應該跑到恩戈蘭去找她？

我很慶幸能置身於井外的地面上，可是在暑熱中，我的工作其實比瑪穆特師傅更辛苦。阿里已經離開一段時間，我差不多也習慣一個人轉動絞盤了，儘管如此，偶爾還是會精疲力乏。

從井裡拉起裝了土石的桶子後，我總得折騰半天才能把它穩穩地放到木板架上。以前和阿里也經常為此費盡力氣。你得一面將裝土石的桶子抬高到木板架上面一點點，一面鬆開繩索，這和將桶子放入井裡一樣，但接下來卻得輕輕地把它拉向木板架，一個人作業著實有難度。

過程中桶子往往會傾斜，導致沙土塊、蚌殼、已變成化石的蝸牛殼滾出來，落入井內。

頃刻間便會從井底傳來瑪穆特師傅的憤怒咆哮。就算是小貝殼和小石子，從高處落下所積聚的力道有多危險，到底要他說幾次？萬一剛好打在頭上，有可能讓人受重傷，或甚至死亡。所以他從不會把桶子裝滿，這個防範措施也拖慢了我們的速度。

拖著手推車去把井底挖出來的乾燥沙塵與石頭與蚌殼倒掉，也同樣是費勁的苦工。

回來的路上，總能聽見瑪穆特師傅嘰哩咕嚕地喃喃斥罵。我聽不清他說些什麼，但他的抱怨聽起來像是某個老薩滿巫師，或是某種介於巨人與精靈之間的地府生物的憤怒言語。

如今井深已相當於十層樓高，再也無法看到桶子降落到什麼地方。因此當它快落到底的時候，我會將轉柄固定住，大聲喊師傅，直到聽見他說「再下來一點」才又繼續。在井底的他看起來是那麼渺小而無助。

當天工作了一小時後，我忽然感到一陣暈眩，以為自己就要跌入井內。傾倒完手推車回來的路上，我停下來躺到地上，頂多只睡了一分鐘吧。

可是當我回到井邊，瑪穆特師傅已經在叨念了。這回將空桶子送下去並未能平息他的抱怨。

「怎麼了，師傅？」我對著井裡面喊。

「拉我上去！」

「什麼？」

「我說，拉我上去。」

當桶子突然變重，我知道他想必已經跨進去了。拉他上來是最困難的部分。當我用盡剩餘的力氣推著絞盤把柄，頭暈地幻想著瑪穆特師傅會放棄這口井、付錢給我並放我自由。到時我會直接跑去向紅髮女子告白，說我愛上她了，要求她離開圖爾蓋嫁給我。母親會怎麼想呢？紅髮女子肯定會覺得有趣：「我的年紀都能當你母親了！」午餐休息以前，我也許可以先到胡桃樹下小睡十分鐘。不知在哪讀過，說真的很累的時候，小歇十分鐘和睡上幾個小時一樣能有效恢復體力。可以等小睡過後再去找紅髮女子。

瑪穆特師傅的頭一冒出井口，我立刻打起精神，試圖掩飾我的疲憊。

「你今天體力變差了，小子。」他說：「你聽著，我會找到水的，在這之前我怎麼說你就得怎麼做。別拖慢我們的速度。」

「明白了，師傅。」

「我不是開玩笑。」

「當然，師傅。」

「有文明的地方，有城鎮村落的地方，就一定有井。沒有井就不可能有文明，而沒有挖井師傅就不可能有井。而且也不可能有學徒不聽從師傅的意思。只要水一來，我們就有錢了，懂嗎？」

「就算沒有錢，我也會跟著你，師傅。」

接著瑪穆特師傅像個傳道士大大說教了一番，解釋提高警覺的必要性。我暗自納悶：他在劇場看著紅髮女子的時候，心裡也想著這些嗎？我邊聽師傅說話邊胡思亂想，覺得沒有必要回應。紅髮女子的身影再次浮現，我不由得發窘。

「脫掉那件全是汗水的襯衫，換一件乾淨的。」瑪穆特師傅說：「換你下井去，底下的工作比較輕鬆。」

「好的，師傅。」

二十一

我在井底要做的就只是拿起鏟子，把滿是蚌殼、蝸牛殼和魚骨的惡臭土壤鏟進桶子裡。工作比起在地面上相對輕鬆許多，艱難的部分在於身處地底下二十五公尺。

當我一腳踩在空桶內、雙手緊握繩索，慢慢接近愈來愈暗的井底時，發現混凝土井壁的表面已經出現嚴重裂痕，布滿蜘蛛網和不明汙漬。我看著一隻蜥蜴飛快爬向上方光明處。也許地下世界是想警告我們，不能往它的心臟插一根水泥管。隨時都可能地震，讓我永遠葬身在這地底深處。底下傳來悶悶的奇怪聲響。

「來囉──！」每當空桶放下來，瑪穆特師傅便會朝井裡大喊。

每次抬頭看見井口那麼小又那麼遙遠，總是心驚膽戰地想立刻逃跑。但是瑪穆特師傅很不耐煩，我只得趕緊把土鏟進桶子喊道：「拉──！」

他比我強壯許多，轉動絞盤將桶子拉上去、小心地放到木板架上，再把土石倒上手推車，然後重新將空桶放下來給我，整個過程根本不用費時太久。

這段時間裡我始終仰頭看著，文風不動。只要能看見師傅在上面，就不會覺得在地底下很孤單。每當他到旁邊去倒土，就會出現一小片圓圓的天空。那天空多麼蔚藍啊！雖然十分遙遠，有如望遠鏡中倒置的世界，卻依然美麗。瑪穆特師傅重新現身之前，我就這麼動也不動地站著，凝視那支水泥望遠鏡末端的天空。

好不容易終於又看到小如螞蟻的他，我才覺得舒坦些。桶子到達時，我把它拉下來大聲喊道：「到了！」

可是每回瑪穆特師傅極其微小的身影再次離開視線，我就會滿心恐懼。萬一他跌倒怎麼辦？萬一我還在下面的時候他出了事怎麼辦？拉手推車回井邊時，他甚至可能故意拖時間，讓我吃點苦頭。假如他知道我和紅髮女子共度一夜，會不會想懲罰我？

要填滿桶子大約要鏟十來下，當我用鶴嘴鋤往土裡愈挖愈深，挖到渾然忘我之際，會忽然被塵土與幽暗遮蔽視線，周遭一切彷彿變得更黑了。任誰都看得出來，這種沙質土壤太輕、顏色太淡，這裡顯然沒有水。這所有的焦慮，和所有花費的時間——都只是一場空！

等我一出井，就要直奔恩戈蘭與紅髮女子。管他圖爾蓋會怎麼說。她愛我。我要向他坦白一切。他或許會揍我一頓，甚至可能會想殺死我。中午時分看見我出現在她面前，紅髮女子會怎麼做呢？

轉著這些念頭能讓我暫時忘卻恐懼，直到往上送了三桶土之後（沒錯，我在數著）才又開始驚慌起來。瑪穆特師傅回井邊的時間愈拉愈長，我不斷聽見地底的各種雜音。

「師傅！瑪穆特師傅！」我高喊。藍天宛如一枚硬幣大小。瑪穆特師傅人呢？我開始扯開嗓門大聲呼喊。

他終於出現在井口。

「瑪穆特師傅，現在就拉我上去！」我喊著對他說。

但他沒有回答。他只是再度轉動絞盤把裝好的桶子拉上去。他沒聽見我說話嗎？我兩眼直盯著井口。

瑪穆特師傅離得好遠。我使盡吃奶的力氣大喊。但好像在夢裡一樣，我的聲音始終傳不到他耳裡。他一倒完土，立刻抓住轉柄放下空桶。

我又喊了一次，但他仍然沒聽見。

好長一段時間過去了。我想像瑪穆特師傅正在將推車推往傾倒地點；不久他會將推車打斜倒出沙土；現在想必正在回來的路上了，我暗自估計；現在肯定到了。可是瑪穆特師傅沒有出現，八成跑到哪去抽菸了。

當他再次現身，我又扯開喉嚨大喊。但他似乎還是沒聽見。我下定了決心：一腳踩進空桶，緊拉住繩索喊道：「拉——！」

瑪穆特師傅緩緩將我拉上地面時，我渾身打顫，卻很快樂。

「怎麼了？」當我滿懷感激踏上井口的木板，他開口問道。

「我不能再下去了，瑪穆特師傅。」

「這話得由我來說。」

「當然了，師傅。」我說。

「好孩子。你如果打從第一天開始就像這樣，說不定我們已經找到水了。」

「可是師傅，那時候我不知道自己在做什麼。一直找不到水，真的是我的錯嗎？」

他揚起一邊眉毛，五官擠出懷疑的神色，看得出來我說的話他不愛聽。「師傅，只要我活著，就永遠不會忘記你。和你一起工作讓我學到許多人生道理。可是求求你，就放棄這口井吧。來，讓我親親你的手吧。」

他沒有伸出手來。「沒有找到水之前，不許你再說放棄，懂嗎？」

「懂。」

「好了，放你師傅到井裡去吧。離午餐時間還有一個多小時呢。今天我們休息久一點，你可以躺在胡桃樹下好好睡個長長的午覺。」

「謝謝師傅。」

「來吧，抓住手把，放我下去。」

我轉動曲柄，瑪穆特師傅慢慢進入井裡，很快便消失不見。

我靈巧地清空每一桶土，豎耳傾聽師傅的聲音，然後用盡全身力氣捲動絞盤。我汗流浹背，不時很快地跑進帳篷喝口水。只有一次慢下來，是為了看夾雜在沙土中的一個化石魚頭。這麼一拖延，瑪穆特師傅又發起牢騷。在最艱難的時刻，當我覺得挺不住了，幻想一下紅髮女子、她的胸脯、她的古銅色肌膚，便能支撐下來。

有一隻身上有黃白斑點的好奇蝴蝶，愉快而悠閒地飛過帳篷旁邊的草地，經過絞盤，向前飛越井口。

這會是什麼意思呢？當十一點半往歐洲方向的伊斯坦堡－埃迪尼線載客列車隆隆駛過，我記得我把這個當成一切都會好轉的預兆。再過一個小時，反方向從埃迪尼開往伊斯坦堡的列車就會經過，這也是我們中午休息的信號。

我暗忖，午休時我要跑到恩戈蘭去，我想問問紅髮女子有關瑪穆特師傅的事。我將絞盤固定好，以免繩子鬆掉。當我抓住桶子的提把，開始往木板架上拉，便聽到師傅又在咆哮。我的手自行熟練地移動，輕輕將桶子打斜放到木板架上，這時桶子忽然從掛鉤上脫落，掉下井去。

剎那間，我全身凍結。

隨後吶喊道：「師傅，師傅！」

幾秒鐘前他還在對我大呼小叫，但那一刻，他卻安靜無聲。

接著一聲深沉的痛苦哀嚎從下面傳來，隨之而來的是一陣洪亮的沉寂。我永遠忘不了那聲哀嚎。

我往後退縮。井裡再無聲響，我卻沒辦法俯身往下看。也許根本不是尖叫聲，只是瑪穆特師傅在大聲咒罵。

此時整個世界和井一樣安靜。我兩隻膝蓋不停顫抖，無法決定該怎麼辦。

一隻大黃蜂繞著絞盤飛，往井裡看了看，飛了進去。

我跑進帳篷，換下汗溼的襯衫和褲子。我發覺自己赤裸的身體在發抖，不禁哭了一會兒，但很快便止住淚水。即使會在紅髮女子面前發抖，我也不會覺得難為情。她會理解，會幫忙，說不定連圖爾蓋也會幫忙。也許他們會向軍營或政府機關求援，也許消防隊員會趕來。

我穿過田野的捷徑跑向恩戈蘭，經過乾枯草地時，蟋蟀已不再鳴叫。我走了一段大路，又再度穿越田野。一路下坡經過墓園時，一個怪異的直覺讓我不由自主轉過頭去，在伊斯坦堡方向的遠方，我看見黑色雨雲。

如果瑪穆特師傅受傷流血，必須要趕緊救助。但我不知道該找誰。

到了鎮上，我直接上他們家去。打開後側一樓公寓大門的是個我不認識的女人，我想她應該是那個製作招牌的前毛派份子的妻子。

「他們走了。」我還來不及開口問，她就這麼說。我第一次與戀人發生關係的地方的門，當著我的面砰地關上。

我穿越廣場。魯米利亞咖啡屋空無一人，郵局裡面滿滿都是打電話的軍人。路上看到一些晚上從未見過的鄉下人，從鄰近村落聚集到鎮上的市場來。

道德故事劇場的帳篷不見了。一開始絲毫看不出昨天還豎立在這個地點的帳篷的痕跡，但隨即便發現一些被丟棄的票根和固定帳篷用的木柱。沒錯，他們走了。

我快步走出恩戈蘭，卻不太清楚自己在做什麼。我好像整個人被反射神經所控制，那個忽跑忽停，並試圖找出天空積雲的意義的人不是我，而是另一個人。我額頭上、頸子上與全身上下，汗如雨下。夜裡，墓園的樹會在涼風中沙沙作響，但此時在經過一座座墳塚的斜坡上，悶熱到了極點。我看見綿羊在墓碑間的草地上滿足地吃著草。

我抵達高原的時候，已經停止奔跑，放慢成步行速度。我內心雪亮，知道接下來的半個小時不管做了什麼，都會影響我的後半輩子，但我仍無法決定該做什麼。瑪穆特師傅是否昏厥，是否受傷或死亡，我無法多加細想。也許是受到酷熱的擾亂。太陽就在頭頂正上方，燒灼著我的頸背與鼻尖。

在穿越大路最後一個彎道的草地捷徑上，我先聽到窸窸窣窣的聲音，隨後才看到一副龜殼，殼中的烏龜正奮力挪移為我讓路。我和瑪穆特師傅都是踩著這條狹窄小徑來回鎮上，假如烏龜移向小徑的左邊或右邊，便能躲進路邊較高的草叢中。可惜牠沒能想到這一點，反而試圖超越我，就好像牠的命運無可避免地與我正在走的這條小路緊緊相繫。我是否也和牠一樣，徒勞地跋涉在錯誤的路上，企圖逃避自己的命運？

我小時候，在貝敘塔希有一些小孩會把烏龜翻過來，放在太陽下任其乾死。這隻烏龜看見我立刻縮進殼內，我則輕輕將牠拾起，釋放進較高的草叢裡。

快到井邊時，我試著讓呼吸慢下來。我最大的希望莫過於再聽到瑪穆特師傅的聲音，無論是叫喊或呻吟。我不斷告訴自己，這只是個尋常情況，一如過去一個月來發生過的無數尋常情況。桶子沒有掉下去，師傅沒事。當我拿起一瓶水放到嘴邊喝的時候，又會聽見師傅在底下怒聲斥責。

然而井裡一點聲音也沒有。四下只聽見蟬鳴。寂靜讓我心裡充滿懊悔。我看見兩隻蜥蜴在絞盤上互相追逐。我又往井口跨前一步，但頓時失去勇氣，沒能再靠近便往後退，就好像看了以後會失明。

無論如何，我自己也無法下井，必須得有另一個人放我下去。所以我才會匆匆奔向恩戈蘭與紅髮女子。但我沒有把發生的事告訴任何人就回來了，我也不知道自己為什麼這麼做。也許是覺得反正也找不到人幫忙，而且若是馬上趕回到師傅身邊，他會高興一點。

又或者我認定瑪穆特師傅已經死了，我的罪行已無可挽回。「神啊，請保佑我吧！」我哀求道。我該怎麼辦呢？

回到帳篷後，我又哭了起來。過去一個月，與師傅在這裡共用的一切現在都令人不忍卒睹。茶壺、我看了上千遍的舊報紙、師傅那雙足背上有幾條藍帶的塑膠拖鞋、他進城穿的長褲的腰帶、他的鬧鐘……

我的雙手逕自便收拾起我的東西來了。不到三分鐘就把所有東西塞進我的舊行李袋，包括那雙從來沒穿過的橡膠鞋。

我要是待在這裡，他們至少會以「過失」致死將我逮捕。這案子會拖上好幾年，補習班和大學就不用想了，我的整個人生將會脫序，我會被關進少年監獄，母親會心臟病發而死。

我懇求上帝讓瑪穆特師傅活下來。當我重新靠向井口，好希望能聽見他說話或哀哼。可是什麼聲音都沒有。

十二點半前往伊斯坦堡的列車再十五分鐘就到了，我手提著父親的舊行李袋走出帳篷，在熱氣中頭也不回地奔赴恩戈蘭。我知道自己若是回頭，又會哭起來。陰暗的雨雲幾乎已來到城鎮上空，一切都蒙上不祥的紫色調。

車站裡擠滿前來市集的鄉下人。火車誤點，我在籃子、袋子、竹簍、農夫和士兵當中等候之際，心裡盤算著上車後要挑一個車廂左側靠窗的位子，那麼在鐵軌轉向之前，可以看到我和師傅挖井的地方。一整個月裡我都在想，回伊斯坦堡那天我就要這麼做，只不過我一直想像那將會是我們找到水的日子，我也會帶著海利先生事先承諾的禮物與賞金。

列車抵達前，只要有人走進車站，我都會試著瞄上一眼，只不過站內實在太過擁擠。依我看，紅髮女子與其他團員可能也是搭這班車回伊斯坦堡。當列車終於進站，我看了廣場與恩戈蘭鎮最後一眼，便迅速上車。等到在車廂內坐定，我已經忘記這些日子以來，不得不忍氣吞聲服從瑪穆特師傅的事，心裡只感到無比愧疚。

第二部

二十二

我淚眼迷濛地望向車窗外，只能隱約看到高原上的井與我們那塊地。我眼前的一切（包括通往鎮上途中的墓園、柏樹林）所形成的景象，我知道自己一輩子都無法忘懷。我們挖了井的那塊地，似乎眼看就要沒入黑壓壓的天空。遠方電光閃現。等聽到雷聲，火車已經轉向，那熟悉的景象（井、我們的高原）也消失在視線外。我心裡湧上一股自由的感覺。隨著列車行駛在鐵軌上的空隆空隆聲響，安心與內疚交雜糾結。

有很長一段時間，我都不願與任何人有所牽扯。我內縮，與外界隔絕。世界是美麗的，我希望我的內心世界也是美麗的。倘若不去理會我的內疚、我內心的陰暗面，我想我終究會忘記它的存在。於是我開始假裝一切沒事。假如你表現得若無其事，結果什麼事也沒有，你會真的覺得根本什麼事也沒發生過。

往伊斯坦堡的列車蜿蜒經過許多工廠、倉庫與田野，跨越溪流，悄然經過多座清真寺，軋軋行經無數咖啡屋與工坊。一群男孩在空曠的操場上踢足球，開始下雨後，他們抓起用來充當門柱的襯衫與袋子，很快地作鳥獸散。

從車窗放眼所及的堅硬土地上，迅速形成許多水坑、細流與急流。有可能會造成大洪水，但是對一個站在井底的人並無差別。瑪穆特師傅還在那裡嗎？他在喊我嗎？

我在伊斯坦堡的西凱吉站下車後，冒雨走到渡船頭，買票搭上汽車渡輪前往亞洲區的哈雷姆。渡輪在等候更多乘客，遲遲不開船，船上有汽車駕駛、有攜家帶眷的人、有哭喊的小孩、有一碗碗甜優格、有放大的卡車引擎噪音……我已經忘記被人群包圍是多麼令人安心的感覺。我覺得自己像個重返文明的野蠻人。我動也不動地坐著，透過窗玻璃上的雨滴看著伊斯坦堡緩緩飄移過去，雨水從我的頭髮滴落頸背。我凝視遠方，試著辨識多瑪巴切宮與其後方的貝敘塔希鄰區，還有面向補習班的住宅區高樓。

下船後，我向一個攤販買了一包面紙，稍微將身體擦乾之後才去搭公車。我已經好幾個小時沒吃東西，卻絲毫沒注意到糕點與烤肉三明治的販售。我暗忖，**這想必就是殺人犯的感覺**。

這又是我內心的另一個聲音，每當有些事我不想與任何人談論，就會默默召喚這個聲音來說話。但別以為我瘋了。三點，我搭上前往蓋布澤的巴士，想到即將見到母親便興奮得難以自已。夏日陽光從右手邊的窗戶曬進來，我沉浸在和煦的日光中，終於入睡，夢見自己置身於陽光普照又芬芳的天堂，罪行與懲罰皆已滌蕩。

我想必一直在擔心母親會怎麼說：**你是怎麼回事？你看我的眼神就像個殺人犯**。但她完全沒說這種話，這時我才發覺自己有多擔心她會怎麼迎接我，一和她擁抱後，我頓時覺得輕鬆多了。母親仍然散發相同的氣味。起初她哭了一會兒，然後便興高采烈地聊了開來，她說總的來說，蓋布澤的生活也不算太差，還說要炸肉丸子和薯條給我吃。唯一令她苦惱的就是她太想念我、太擔心我。她說著又哭起來。我們於是抱得更緊。

「天哪，你這一個月竟然長大這麼多，看看你的手多大啊，你長得多高啊。」母親說：「你現在是個男人了。你的沙拉要不要加點番茄？」

我會到蓋布澤四周的山上散步許久，遠遠地看著伊斯坦堡。偶爾發現遠處有一塊地很像我們的高原，這時我會變得焦躁，好像會撞見瑪穆特師傅似的。

我沒有告訴母親，雖然我一再向她保證不會下井，卻還是下去了。她可以看出我活得好好的，所以這點細節也許不再那麼重要。

我們從未提起父親。看得出來他從來沒有打電話給她，但他為何不打給我？我最後瞥見瑪穆特師傅下井的身影，經常像一幅畫浮現出腦海。我敢說他還頑強地在挖井，就像一隻堅毅的果蟲慢慢鑽過一顆巨大柳橙。

我們到蓋布澤逛街，母親買了一台新電視和一個鬧鐘。我和瑪穆特師傅工作攢下的錢，全存進了銀行。我在家待了三天，藉著休息恢復體力。我總會夢見瑪穆特師傅，夢見壞人在追我。不過沒有人到蓋布澤來找我，沒有人在追我。第四天，我去了伊斯坦堡，到貝敘塔希的補習班報名，然後開始認真上課。

獨處時，我無法將瑪穆特師傅和井從心中驅離。於是我刻意與昔日在貝敘塔希的鄰里友人與同學重修舊好，大夥一起去看電影。我們甚至去過市區的幾間酒吧，但我的抽菸技巧與茴香酒量並不像朋友們那麼好。他們取笑我像菜鳥一樣一口氣乾杯，馬上就醉了。這我倒不在意，我真正厭恨的是他們挖苦我鬍鬚長得不夠濃密，暗示我還不是男人。

「要是鬍子能代表一切，山羊都能說教了。」我回嘴說：「連母狐狸都有鬍鬚呢。」這個他們喜歡！我在第尼茲書店過夜時，經常熬夜看書看到兩眼昏花，也因此蒐集了許多格言警句。

然而，一個鐵石心腸到把師傅留在井底等死的人，有資格渴望當作家嗎？桶子會掉落，真的純屬意外嗎？我時常告訴自己，在井邊沒有發生什麼不好的事。我只是承受不了那種種辛苦、斥責與睡眠不足，我只是抛下一切，拿了我該拿的錢回家而已，任何一個正常人都會這麼做——不過我實在不確定自己是否還喜歡「正常人」這個字眼。

與我交情較久的朋友當中，有幾個現在就讀伊斯坦堡大學。他們已蓄了鬍鬚，參與政治示威活動，在鄰區的小巷弄裡與警察發生衝突，我們一塊兒飲酒作樂時，他們總會自豪地講述這些事蹟。我知道他們敬佩我父親，但有一天晚上，我赫然發覺自己內心有多憎恨他們。

「傑姆，你牽過女生的手嗎？」他們揶揄我說。

有幾個人直言說他們給某個女孩寫了情書，而且非常期盼得到回音。我於是脫口而出，說姨丈在埃迪納附近替我找了一份建築的工作（建築聽起來比挖井更令人欽佩），而且我在那裡的恩戈蘭小鎮和一個女人發生婚外情。「你們有誰聽說過恩戈蘭嗎？」我問在座的人。

他們沒想到我會說出這些話，一時為之語塞。有一人說他與父母去找過在恩戈蘭當兵的哥哥，但他覺得那個地方又小又無聊。

「我愛上了一個很棒的女人，是個劇場演員，年紀大我一倍。我甚至不知道她是誰，只是在街上遇到，她就帶我上她家去。」

他們不敢置信地看著我。我跟他們說那是我的初夜。

「感覺怎麼樣？」寫情書的人紛紛問道：「很棒嗎？」

「她叫什麼名字？」

「你怎麼不娶她？」又有一人問完，吸了長長的一口菸。

去軍營探視哥哥的那人不以為然地說：「那裡什麼人都有，巡迴劇團裡有舞孃跳肚皮舞給軍人看，有夜總會的歌手，你想得到的都有。」

那天晚上我領悟到，如果想要卸除痛苦與內疚，就得與這些兒時友人保持距離。我也漸漸明白，在井邊發生的事將讓我永遠無法享受正常生活的樂趣。我不斷地告訴自己，**最好的做法就是表現得若無其事。**

二十三

但有可能假裝若無其事嗎？我腦海裡有一口井，瑪穆特師傅仍拿著鶴嘴鋤在那裡賣力挖土。這想必意味著他還活在世上，抑或是警方尚未開始調查他的命案。

我想像有人（可能是阿里）發現他的屍體，接著檢察官著手偵查。他會首先知會蓋布澤（這在土耳其可能要花幾天或幾星期的時間），我母親會煩惱得哭到昏死過去，等蓋布澤警方通知了伊斯坦堡的同仁（這可能又要費時數月），他們隨時都會到補習班或書店逮捕我。也許我應該找父親，向他坦白一切，我如此暗忖。但他從未打電話給我，因此我猜想就算他打了電話，恐怕也幫不了大忙。而且，把事情告訴他就表示承認事態嚴重。每安然地度過一天沒有被警察帶走，便彷彿象徵我無罪，與其他人無異，卻也像是在積極把握每天一成不變的簡單日常。每當在第尼茲書店碰上特別粗魯的客人，我就深信他是便衣警察，總是差點就脫口認罪。還有些時候我會自我安慰，心想瑪穆特師傅一定沒有死，而且滿懷憎恨地將我拋到腦後了。

我在書店裡工作認真，動作迅速有效率。第尼茲先生非常欣賞我對櫥窗展示、折扣促銷以及該進哪些書等事務提出創新想法，於是他允許我冬天也能睡樓上的沙發。我把那個小房間視為第二個家兼書房。我再次遠離母親與蓋布澤讓她心情低落，但她也確認只要我繼續上喀巴塔什高中和貝敘塔希的補習班，大學入學考試就一定會有好成績。

我不想讓她失望，而且我知道這次考試對我的人生有多麼重要，因此我開始奮發圖強直到高中畢業，絕不漏背任何一條必要的公式。在我埋頭苦讀之際，紅髮女子的影像會忽然像熾烈的太陽一樣冒出來，這時我會小歇片刻，幻想著她的膚色、她的小腹、她的乳房、她的眼睛。

到了報名入學考、挑選科系的時候，母親自然希望我以醫學為優先。她非常害怕我的文學夢之路會通往貧窮，甚至通往那種讓我父親深陷麻煩的政治活動。

對她而言倒也幸運，自從我將瑪穆特師傅拋棄在井底，作家夢也很快就萎縮了。如果是當工程師而不是醫師，我知道母親也會同意。於是我在表格中填上「工程地質學」。母親發覺當過挖井學徒這事，在我身上留下了某種印記。順帶一提，我倒是好奇她是否多少察覺了她在我身上新觀察到的「成熟」，其實是我心靈上一枚黑漬。

一九八七年夏末，我以入學考第五高分的成績，申請到伊斯坦堡科技大學馬茨卡校區的工程地質學系。校園那棟一百一十年歷史的建築，原本是鄂圖曼帝國末年新成立的一些軍事單位的軍械庫與營房，一九〇八年，當最終推翻了阿布杜哈密二世的土耳其青年黨人從塞薩羅尼基行進到伊斯坦堡，仍效忠蘇丹的軍人便駐紮在此。我們現在的教室，曾經是真實的戰場。這些都是我在歷史書上看到的，便說給同學們聽。這棟古老建築、那高高的天花板、那長無止境的樓梯，和那迴盪著洞穴般回音的走廊，在在令我目眩神迷。

校園離貝敘塔希和第尼茲書店只有上坡十分鐘路程，我在書店也升為經理了。雖然老闆仍遲遲不願承認我終究當不了作家，卻開始對地質學的觀念熱中起來，並認為反正工程師也可以成為優秀的小說家。在宿舍寢室裡，我幾乎每天晚上都會奮力看完一本新書。

事後回想起來，假裝沒發生過什麼不幸之事，其中有一部分就是要刻意徹底遺忘索福克勒斯的戲劇，以及它所帶來的我與瑪穆特師傅就寢前閒聊的聯想。大學三年，我一直迴避得很成功，直到有一天在第尼茲書店，我無意中看見那本關於夢的舊文集。第一次讀到伊底帕斯的故事摘要，就是在這本書中。我此時才發現摘要的作者是佛洛伊德，它與索福克勒斯的關係不大，主要是在闡述佛洛伊德認為每個人內心都暗藏弒父欲望的理論。

幾個月後我碰巧發現索福克勒斯作品的二手書，這是教育部在一九四一年出版的譯本。看見橫寫在黃色封面上的書名《伊底帕斯王》，我大吃一驚，因為這個劇本幾乎找不到土耳其語版本。我如飢似渴地讀著，彷彿期望在書中找到某個關於我自己人生的祕密真相。

原著不同於佛洛伊德的摘要，一開始並不是從伊底帕斯的誕生，而是多年後伊底帕斯王子已經誤殺了父親、承繼王位，並與母親生下了四個孩子。兒子如何與母親，與一個至少大他十六歲的女人同床共枕，劇本中只是輕描淡寫。我試了卻想像不出那種感覺，正如同我無法想像伊底帕斯的孩子同時也是他的兄弟姊妹，而他的妻子同時也是他的母親。然而在劇本開頭，無論是伊底帕斯或其他任何角色，甚至連觀眾都對即將揭發的醜聞渾然不知。也許正是因為這份無知才會引發瘟疫，為了拯救全城，他們必須找出殺死老國王的凶手。伊底帕斯國王像偵探一樣帶領眾人搜捕，殊不知他便是元凶。他一步步發掘出殘酷真相，最後受不了愧疚的折磨，剜出自己的雙眼。

三年前在井邊的那個晚上，我不是依這個順序向瑪穆特師傅說故事。但現在讀著劇本，卻覺得自己好像是這麼講述的。我還發覺自己對於造成他的死亡已經不那麼愧疚了。經過了三年，我不再擔心有一天警察會突然衝進教室，抓我去坐牢。說不定瑪穆特師傅根本沒死，而是像一則古老宗教寓言裡說的，被人從深井裡救上來了。

瑪穆特師傅常常說一些《可蘭經》裡的故事和寓言來警惕我，讓我覺得不痛快。於是，我也跟他說伊底帕斯王子的故事，純粹只是為了惹惱他，但不知怎地，我選擇了這個故事，最後竟也步上故事中主人翁的後塵，於是瑪穆特師傅才會被困在井底，這完全是肇因於一則故事、一個傳說。

為了駁斥一則故事和一個預言而離開的伊底帕斯，最後殺死了自己的父親。倘若他對神諭的預言一笑置之，也許永遠不會離開祖國家鄉，也不會在途中遇見他的父王而加以誤殺。伊底帕斯的父親也一樣。假如他沒有採取預防措施來阻止伊底帕斯的可怕命運，後來的災難都不會發生。因此我最終體悟到的是，如果想要和其他人一樣過著「正常」、平凡的生活，就得反伊底帕斯之道而行，假裝什麼不幸之事都沒發生過。伊底帕斯是那麼渴望當好人，就因為太迫切地渴望不要成為殺人凶手才會殺了人，也因為他太想知道凶手是誰，才會發現是自己殺了親生父親。索福克勒斯這整齣戲並非建構於惡行本身，而是建構於主角追根究柢的探索。

但姑且不論我算不算殺人犯，我甚至不確定有命案發生。我無意成為殺人凶手，也不想被自己的兒子殺死。瑪穆特師傅很可能從井裡脫了身，重新過著正常生活，否則警察應該早就來敲我的門了吧？我最好忘記曾發生過這些事，唯有如此，我也才能和其他所有人一樣過日子。

二十四

很長一段時間我都對自己說：其實什麼事也沒發生。我在大學的走廊上溜達，聞到潮溼的塵土味和廉價清潔劑的味道；我和同學去看電影，他們會以當前政治局勢動盪不安以及與警察發生衝突為藉口，翹冶金學的課；我心不在焉瞄著宿舍電視播放的影集；我也自我安慰地心想自己終於能夠和所有人一樣。電視上的足球賽、藉由新潮錄影帶開始流傳的藝術電影、橫渡博斯普魯斯海峽的船隻：我漫不經心地什麼都看。我會去看商店櫥窗展示的最新家電，我會混雜在貝佑律的人潮中，星期日晚上也會鬱悶地想著又過了一個週末。

位在昔日軍械庫內的伊斯坦堡科技大學工程學系，註冊就讀的女生並不多。寥寥可數的幾人便受到全體男學生的追求。據我所知，全校與我同年的女性少之又少。因此，回蓋布澤的某個週末，當母親提到姨丈有個親戚的女兒考上藥學系，立刻激起我的興趣。她要住宿舍，卻對這個大都市與其中的人潮感到膽怯，所以姨丈希望我能帶她熟悉環境。

愛莎的頭髮是淺棕色，但她的某種神韻卻會讓我想起紅髮女子，尤其是上唇的曲線與秀氣細緻的下巴。第一次見面當天我就知道我會愛上她，因為我太想愛上某個人了，而且我感覺得到她會回應我的感情。每到週六下午，我們會去看電影，或是到市立劇院看契訶夫和莎士比亞的戲，又或是搭公車到埃米爾甘喝茶。和一個可能被視為相配且十分迷人的女孩出去，或是如某些朋友所謂的「約會」，讓生活顯得無比美好，也讓我相信自己終於擺脫了瑪穆特師傅和那口井，開始往前走。

為了繼續這樣的生活，我申請了工程地質學研究所，由於我的成績在班上名列前茅，也就申請上了。在交往的第二年，我們已進展到會牽手，甚至會在戲院、公園與無人的街上接吻，但早在交往之初我便猜測到，來自保守家庭的愛莎不會在婚前與我發生關係。

我在貝敘塔希有個朋友經常光顧妓院，堪稱風流浪子，他衷心相信任何一個女孩到最後都能誘惑成功，於是安排我和愛莎在一間私密的小公寓共度一個下午，不料卻演變成一場災難。當時我試圖邀她一起喝杯茴香酒，就好像是我們每天都會做的事，接著約莫有兩個小時左右，她堅定地拒絕我的求愛，最後流著淚離開了公寓。事後很長一段時間，我打電話到她宿舍，她都不肯接。我於是進入一個幻想階段，想把紅髮女子找出來，這段期間我會懷想著我們共度的那一夜，一面手淫。

不過我和愛莎最終還是和好如初，又重新在一起，並決定訂婚。母親與她的裁縫師一起為我們的訂婚禮做了一件禮服，儀式過後每週六下午愛莎都會來第尼茲書店接我，我很享受那種感覺，也很高興聽到老闆和幾個年輕店員稱讚這個「格爾代斯的女孩」很漂亮。我喜歡和她談論我正在看的書、地質史，以及我對政治與足球的看法——多半都很粗淺。暑假到科茲盧和索馬打工時，我會寫一些熱血澎湃的信給她，描述當地礦工的苦境，後來得知愛莎將這些信保存下來，並不時拿出來重看，我感動萬分。我也保存了她的來信。

但即便在這片平靜祥和中，一點小小的變化都可能意外揭開仍留存在我心靈裡的陰暗面。有一年夏天，伊斯坦堡乾旱缺水，農業部長幾乎都打算跳求雨舞了，未婚妻也提議說應該立刻在每家每戶的院子挖井，我聽了久久不發一語。（我從未告訴她我多年前曾當過一個月的挖井學徒。）當我在報紙上看到，總理在恩戈蘭附近參加一間冰箱工廠的開幕儀式，並說那是全巴爾幹半島與中東地區最大的一家，我便想起瑪穆特師傅與他說過的那些宗教寓言。有一回，我原想挑一本《卡拉馬助夫兄弟們》的新譯本，送給未婚妻當生日禮物，卻發現寫序的人是佛洛伊德，內容討論到杜斯妥也夫斯基與弒父，並觸及《伊底帕斯王》和《哈姆雷特》，我在現場讀完這篇令人忐忑的文章後，當下決定改買《白癡》送她——至少這裡面的主人翁純真清白。

有些夜裡，我會在夢中見到瑪穆特師傅。他身在高空的繁星之間，某個緩緩轉動的巨大淺藍色星球，還在拚命挖鑿。這肯定意味著他沒死，我無須如此自責。但是假如盯著他站立的星球看得太仔細，我仍感到心痛。

我很想告訴未婚妻，我之所以決定讀地質學是因為瑪穆特師傅，但每次話到嘴邊又嚥了下去。這種坦白的衝動，在每次我與愛莎因書產生連繫時最為強烈。但我總會改口告訴她一些關於地質科學的祕密與奇聞，譬如十一世紀時，中國博學家沈括如何解答貝殼、魚頭與蚌殼之所以出現在高山頂上的裂縫、罅隙與洞穴中之謎。在索福克勒斯之後一百五十年，泰奧弗拉斯托斯寫了一本名叫《論石》的書，書中對礦物大略提出的理論，數千年間毫無爭議。我或許無法成為小說家，但若能寫一本像這樣廣受信賴的書也不錯！我想像自己寫了一部《土耳其地質學》，內容包羅萬象，從托魯斯山脈之巔寫到色雷斯（我們挖井的地方）那肥沃、細密的土壤的祕密，再寫到南部地區的地質構造以及全國石油與天然氣的蘊藏分布。

二十五

我知道父親人在伊斯坦堡的某處。我怨他沒打電話給我，但我也沒打給他。與愛莎結婚後，就在我入伍前夕，我終於再次見到他。婚禮過後的某天晚上，我們約好在塔克辛廣場一家新飯店的餐廳碰面。我萬萬沒想到見到他以後竟然如此開心。「你找了一個和你母親一模一樣的女孩。」他私下對我說。他很快便和愛莎建立起融洽的關係，吃晚飯時他倆甚至聯合起來調侃我，笑我是個書呆子工程師，好像自動就會背下數字。

父親變老了，但狀況看起來不錯。我感覺得出來，他對於自己目前的富裕與新生活有些難為情，這讓我對自己著迷於弒父的故事感到不自在。但正因為這些年在沒有他的陪伴下成長，自立自強，我才會成為「我自己」。

當年他還在我身邊的時候，雖然從未干涉我的生活，也總是語多鼓勵，我仍苦苦做不了自己。而儘管和瑪穆特師傅只相處一個月，與他的對抗卻造就了現在的我。這麼想對嗎？我也不確定，但我自己的感覺我知道。我依然渴望得到父親的認可，也想要相信自己正過著他期望我過的光明磊落的生活，可是我也對他感到憤怒。

「你很幸運，她是個很好的女孩。」臨分手時，他看著愛莎說道：「把你交給她，我再放心不過了。」

和妻子回家時，沿著高大的栗子樹蔭從塔克辛走到潘加提，終於應付完父親，讓我鬆了一口氣。我們住在一間便宜的單間公寓，位在費里克伊向下通往多拉德勒的斜坡上。由於新婚燕爾，多數日子我們都會連續幾個小時享受魚水之歡，不停歡笑聊天，我覺得很幸福。有時候我會想到瑪穆特師傅，好奇他現在怎麼樣了。但我知道如果像伊底帕斯那樣去追究過去的罪行，只會讓我更加悔恨。

當兵完後，我在伊斯坦堡的全國礦物探勘計畫局找到工作，當起了公務員。以前大學同學常開玩笑，說工程地質學畢業生在土耳其只有兩條出路，要不是進建築界就是開烤肉店。所以儘管這個工作待遇不高，我還是應該心存感激。

此時，有幾家土耳其建設公司已經在阿拉伯國家、烏克蘭與羅馬尼亞等外國地區，開始建造水壩與橋梁，正在尋找可以外派到當地視察的地質學家和工程師。後來我找到一份待遇較優渥的工作，需要調派到利比亞，也就是說每年至少得在那裡住上半年。然而，這個時候我和愛莎已經開始擔心至今仍懷不上孩子。我們認為最好還是離我們認識並信任的醫生近一點，便決定搬回伊斯坦堡。

一九九七年，我進入一家新公司，企畫案多在哈薩克與亞塞拜然，離家比較近。於是接下來的十五年間，我不斷在伊斯坦堡與鄰國之間飛來飛去，生活終於慢慢改善。

我們搬到潘加提區一棟較高級的公寓。遇上我沒有出差的週末，我們會到購物中心看電影、吃點東西。晚上，則一面吃飯一面看著政府要員與軍方人士在電視上大放厥詞。空暇時候，我們可能會考慮生孩子的事，報導說有個特立獨行的教授研發出一種新的神奇受孕配方，是否應該去找他諮詢？或是去找那個剛從美國回到伊斯坦堡的名醫？然後我們又會展開長談，說不能讓沒有孩子這件事危害我們和諧的婚姻，破壞我們對生活的熱忱。

偶爾，我還是會到貝敘塔希的第尼茲書店去。第尼茲先生最後終於接受我不會成為作家的事實，現在便邀我入股書店。總而言之，我的生活就跟其他所有人一樣，或許甚至比一般人略好。有時候，我會忽然想到自己假裝若無其事假裝得多麼成功。我仍會想起瑪穆特師傅，想起我的罪過，而且往往都是在飛行途中。有時我甚至懷疑，我如此頻繁地往返班加西、阿斯塔納和巴庫，真正動機會不會是要給自己想起往事的機會。當我望著飛機窗外，就會想到他，並深思著我生不出來的孩子。

飛機從葉西寇伊的阿塔圖克機場起飛後不久，便會和每年飛越城市上空的候鳥一樣轉向西方，當我一眼望出去，總能看見底下的恩戈蘭鎮。它離黑海與馬爾馬拉海不遠，離海灘與海岸邊的新興避暑勝地不遠，也離石油與天然氣儲槽不遠——這些儲存槽即使從空中看去仍龐大無比。但是它遠離大海附近的樹木與青蔥綠意，隔絕於附近肥沃的金紅色田野之外，一如既往地被一大片蒼白的不毛之地包圍，連接著舊軍營。

當飛機再次轉向，或是自身緩緩旋轉，又或是穿過雲層，這景象便會轉眼消失，但我還是能感覺到下方的地理形勢。

我們漸漸年長，但膝下猶虛，而這段時間裡，恩戈蘭與伊斯坦堡間的農地也慢慢被各種廠房、倉庫與工廠填滿，從空中俯瞰一片單調炭黑。有些公司在工廠和儲藏庫的屋頂，用巨大亮麗的字母拼寫出公司名稱，明顯是為了飛機上的乘客著想。這些建物四周環繞著較小的工作坊、買賣生產設備的小公司，以及毫無特色的簡陋建築。當飛機飛得更高，凌亂散布在更外圍的非法住宅區也開始映入眼簾。在伊斯坦堡附近的小鎮村落，擴展速度之快也和城市本身一樣令人措手不及。每次的旅程，我都能看出它的觸角又伸進更遠、更偏僻的角落，數十萬車輛在愈來愈寬的道路上井然有序地行進著，宛如無數勤勞的螞蟻，我思忖著以科技進步之神速，瑪穆特師傅的技藝想必早已落伍了。

一九八〇年代中期過後，使用鏟子和鶴嘴鋤、利用木造絞盤一桶一桶慢慢挖鑿、用混凝土一米一米地打造井壁，這些古老的傳統挖井工法已在伊斯坦堡完全消聲匿跡。某一年暑假，我和愛莎到蓋布澤陪伴母親，我親眼目睹姨丈擁有的土地四周，有許多塊地上都出現了初期鑽鑿的自流井。最初的鑽鑿工具仍以手操作，像螺絲起子一樣，後來就被較強力的機械鑽具所取代，這些噪音隆隆、類似油井架的機器，就放在濺滿泥巴、車輪巨大的皮卡貨車車斗上運送過來。這些機具一天能鑽五十米深，鋪設管子後馬上就能從地下深處把水打上來，幾乎沒什麼花費。若換作以前，在同樣一塊地上，瑪穆特師傅和兩個學徒恐怕得拚死拚活好幾個星期。

一九九〇年代初，這些技術的進步一度使得伊斯坦堡那些草木較多的鄰區供水充足，但很快地，最靠近地表的地下湖泊與含水層便枯竭了。到了二〇〇〇年代初，市區許多地方都只有超過七十米深的地下才有地下水，因此如果像以前瑪穆特師傅那樣，只帶著兩名學徒，每天在院子裡挖一米深，幾乎不可能挖得到。伊斯坦堡與它矗立其上的土壤已經變質毀損了。

二十六

我在恩戈蘭那段日子的二十年後，有一個大學同學邀我到德黑蘭和一家石油公司面談。起飛後幾分鐘，當飛機開始由西轉向東南，我發現恩戈蘭與伊斯坦堡已經朝彼此擴展到融合為一體了。如今兩地連成一大片的街道、房屋、屋頂、清真寺與工廠。恩戈蘭未來的世代將會說自己住在伊斯坦堡。

知道自己的城市叫什麼，並自我提醒自己住在哪裡有多重要呢？在何梅尼發動革命超過二十五年後，伊朗已經變成內向型國家。我的同學姆拉特信心滿滿，認為這能為土耳其的公司帶來許多獲利商機，他的樂觀我能理解，卻無法苟同。

姆拉特說他會在盛產石油的伊朗投標工程合約，還說我們可以趁他們與西方國家唇槍舌戰僵持不下之際，賣鑽井設備給他們。也許他說得沒錯，但我擔心如果我們效法其他土耳其公司違反西方國家對伊朗的禁令，恐怕很快就得應付美國中情局那幫人。姆拉特來自馬拉蒂亞市一個保守家庭，現在仍像讀書時期一樣，很愛玩弄一些兩面手法和小騙術，因此這種複雜問題動搖不了他。而且他也完全不像我看到德黑蘭的婦女出入公開場所還要包頭巾就大驚失色。

當時西方報紙都在討論轟炸伊朗的好處，伊斯坦堡一些非宗教的右派報紙紛紛問道：「土耳其會不會變成伊朗？」我沒有和他多談政治，很快便下結論說我們不可能和德黑蘭做生意。

然而，伊朗人與土耳其人的相似程度讓我瞠目結舌。因此我延後了回伊斯坦堡的時間，對購物拱廊、書店（尼采的譯本到處可見！），以及沿著德黑蘭人行道閒逛時的所見所聞都充滿好奇與興趣。當地男人的手勢、表情、肢體語言，流連在出入口時為彼此讓路的模樣，成天無所事事，在咖啡館抽菸消磨時間的作風，都讓我想起土耳其人的習性，不由得寒毛直豎。此外，交通情況也和伊斯坦堡一樣糟。在土耳其，只要我們一轉向西方，就會把伊朗忘得一乾二淨。我瀏覽著革命街上的書店（這條街是在伊斯蘭革命後重新命名以茲紀念），看到書架上書籍種類繁多大感讚嘆。

我發現這裡存在著一個憤怒的階級，那是一群被迫過著室內生活、無強烈宗教信仰的現代伊朗人。姆拉特帶我去參加一些過夜的派對，聚會上男男女女混在一起隨性地喝酒，女性都沒有包頭巾，酒則是自釀的。在土耳其，世俗主義已經存在一段時間，儘管之前必須要有軍方支持，但如今已被視為必須不計代價維護的價值。但是在伊朗，世俗主義似乎全然不存在，也因此變成一種更基本的需求。

某天晚上我去參加了另一場聚會，屋裡到處都是小孩，還充滿許多家庭成員、婦女與商人的談話與笑鬧聲。大家得知我是土耳其人之後，都對我非常懇切而和善。他們很喜歡伊斯坦堡，經常去那裡購物觀光。他們請我用土耳其語說一些字句，聽完後本能地露出微笑，好像我做了什麼有趣的事。其中有一家人邀請我們去他們位於裏海邊上的避暑別墅。姆拉特喝的遠比我多，二話不說就答應了。

當我望向窗外，看著德黑蘭深藍色幽暗天空下的燈光，內心疑慮不定，總覺得這位老友堅決要強化伊朗與土耳其之間的關係，不只是為了個人想賺錢，也許還背負著祕密任務。我猜不出究竟他是企圖離間土耳其與北大西洋公約組織及西方國家的間諜，或是試圖拯救伊朗擺脫孤立。也或許他這麼做只是為了藉由打破禁令來獲利，我無法確知。

他們準備的水果口味的酒讓我頭暈起來。我正想念著愛莎與伊斯坦堡，竟意外想起當年與瑪穆特師傅徒步前往恩戈蘭的夜晚。一種詭異的思慕之情、一種宛如成了孤兒的憤怒感覺，排山倒海而來，我一時間心亂如麻。

我很肯定這和我面前牆上的那幅畫有關，畫中影像我隱約覺得熟悉，卻說不出在哪看過，也不明所以。我內心似乎有一半了解畫的主題，另一半卻急於想忘記。這場景顯然是取自某本古書，複製於這份月曆上，描繪的是一個抱著兒子哭泣的男人。故事出處似乎就跟我多年前在恩戈蘭的黃色劇場裡看到的戲一樣。你可以看到父親悲傷而痛苦，父子兩人身上滿是兒子的血……

我們的女主人是個敏銳的老夫人，見我站在月曆前動也不動，便走上前來。我問她這幅畫象徵什麼意義。她說這是《君王之書》中的一幕，羅斯坦在為自己剛剛殺死的兒子索拉布哭泣。她傲然的神情彷彿在說：你怎麼會不知道？我思忖著我們土耳其人已經西化到忘了我們古老的詩人與傳說，但伊朗人不同，他們永遠不會忘記，尤其不會忘記詩人。

「你要是對這類事物有興趣，明天可以帶你去古列斯坦宮。」女主人說道，此時的她顯然十分心滿意足。「這幅畫就是出自那裡，另外你還會看到許多附插圖的手抄本和古書。」

她始終沒有帶我去古列斯坦宮，不過在德黑蘭的最後一天下午，我和姆拉特自己去了。草木扶疏的廣大庭院當中，點綴著幾棟較小的華麗建築。我們進入畫廊，讓我想起了父親的生命藥局附近的厄赫拉莫宮。這裡面燈光昏暗，主要展示古代波斯藝術，除了我們之外沒有其他遊客。守衛皺著眉頭滿心懷疑地瞪視我們，好像在說：你們到底來這裡做什麼？

不久我們便找到描繪同一個男人的其他畫作，若非試圖救受傷的兒子，就是抱著兒子的屍體痛哭。這個父親名叫羅斯坦，是伊朗的民族史詩《君王之書》的主角。我雖然愛看書，卻也和大多數土耳其人一樣，並不熟悉《君王之書》和羅斯坦與索拉布的故事。即便如此，當我看著這幅畫，眼前所見與我深藏在心裡、對父愛的看法十分相似。

博物館的紀念品店裡沒有書或明信片，我找不到我看到的那幅畫的任何複製品，也沒有羅斯坦與索拉布的其他畫像。我既沮喪又不安，就好像我故意不肯承認的一段可怕回憶，可能會驀然湧現讓我痛苦不堪。這幅畫有如某種邪念，不管你多麼渴望閃避，它還是不斷入侵你的心。

「能不能請你告訴我，那幅畫有什麼特別？」姆拉特說。

我不願解釋，但最後他仍答應去我們參加聚會的那戶人家，取回壁掛月曆的那幅插畫，寄到伊斯坦堡給我。

回程時當飛機慢慢降落，我試著透過窗口找到恩戈蘭，但雲層底下只看見一大片接連不斷的伊斯坦堡。就在這時候，在過了二十年以後，我開始感覺到一股幾乎難以遏制的衝動，想重回恩戈蘭，重回我最後見到瑪穆特師傅的地方。

二十七

不過我強忍住了回去的誘惑。接下來幾個週末，我都和妻子待在伊斯坦堡，閒閒地看電視或是上貝佑律看電影，試著忘卻煩憂。但可以說是煩憂嗎？在生活上，除了生不出孩子以外，我並沒有真正的牽掛。我們看過許多醫生都斷定問題在愛莎，不在我，但遵循他們的建議也毫無收穫，於是在經過無數個日日月月後，我決定只要我們裝作無所謂，也就無所謂了。

在伊斯坦堡想找到費爾多西這首千年史詩的譯本並不容易。鄂圖曼知識份子應該多半都對《君王之書》有粗淺的認識，否則至少也知道其中幾個故事。可是在努力西化兩百年之後，土耳其已經沒有人對這些豐富的故事感興趣了。有一本以白話詩形式翻譯的土耳其語譯本，自一九四〇年代起開始流傳，十年後由教育部發行，共有四冊。我最後好不容易找到的，正是這個包著「世界經典」系列的漂亮白色書衣、封面已隨歲月泛黃的版本，而且一入手立刻發狠閱讀。

除了史實與傳說交錯的寫法之外，書中內容從一開始的怪誕傳奇，慢慢變成一種關於家庭與倫理的道德故事，都令我深受吸引。我很欽佩費爾多西畢一生之力撰寫這部民族歷史，譯本整整有一千五百頁之多。這位愛書的博學詩人讀過其他民族的歷史、神話與長篇傳奇，費心地找出阿拉伯文、阿維斯陀文與巴列維文的手稿，結合了神話與英雄記事、宗教寓言與歷史及回憶，寫就了他個人的史詩鉅作。

《君王之書》匯集了遭遺忘的故事，昔日眾國王、蘇丹與英雄的生平。其中有一些敘述，讓我覺得自己既是主人翁也是作者。費爾多西也曾痛失孩兒，因此在描述父親失去兒子的字裡行間，充滿一種格外感動人的深度與坦誠。我想像自己在漆黑的午夜時分，說這些故事給瑪穆特師傅聽，同時想起了紅髮女子。我若是當了作家，也會想創作出類似這樣永垂青史、包羅萬象的傑作，書中彷彿捕捉到任何主題的每個細節，對於人性的精準描述令人既感動又喪氣，內容的每個轉折更是讓我驚奇讚嘆不已。我的著作《土耳其地質學》也將會是同樣規模的廣博史詩，我會明智地利用遺聞軼事，來描述海洋、山脈，以及地下岩層與岩脈底下的世界。

《君王之書》一開頭寫的是巨人、怪獸、精靈與惡魔的創造神話與故事，但直到敘述轉向凡間的國王與英勇戰士的冒險經歷，以及我們凡人如何與家人、與生命，還有國家搏鬥的故事，整部書的景象才逐漸清晰可辨。我讀著讀著，一再地想起父親，而且儘管不樂意，還是愈來愈相信自己恐怕真的害死了瑪穆特師傅。從索拉布的故事讀到阿弗拉西亞的故事時，這種感覺變得更強烈，後來實在太過痛苦，甚至考慮不要把書看完。但我也認為，如果繼續探索這片無垠的故事海，也許終究能解答我自己人生的謎題，最後抵達平靜的彼岸。

書中有一則故事，我總會在妻子入睡後拿出來看，我知道我會永遠記得，就像記得一首兒歌、一個反覆的噩夢，或是某個難忘的經驗。

很久以前，有個男人名叫羅斯坦，他是波斯無可匹敵的英雄之一，是個不屈不撓的戰士。所有人都認識他也敬愛他。有一天羅斯坦出門打獵迷了路，當晚入睡後又丟失了座騎拉赫什。尋找拉赫什的時候，他不小心誤入敵人領土圖蘭。但由於他的美名遠播，被認出來以後受到禮遇。圖蘭國王熱誠地款待這位意外來客，舉辦了宴會歡迎他，兩人舉杯共飲。

用完晚餐，羅斯坦回房後，有人來敲他的門。來者是圖蘭國王的女兒塔蜜娜，她在宴席上看見了英俊的羅斯坦，此時來向他傾訴愛意。她想為這個聰明的著名英雄生下子嗣。國王的女兒身材修長苗條，有優美的雙眉、細緻的嘴唇和迷人的秀髮（在我心裡，是一種美麗的紅色）。眼前這個聰慧、多感、充滿魅力的美人，特地老遠跑到他的房間來，羅斯坦實在不忍拒絕。於是他們一夜溫存。天亮之後，羅斯坦知道他們已懷上孩子，便給未出生的小孩留下一只手鐲，然後回到自己國家。

塔蜜娜將私生子取名為索拉布。當長大後得知自己的父親便是遠近馳名的羅斯坦，索拉布宣布道：「我要去伊朗，我要廢黜殘暴的國王凱卡烏斯，讓父親登上王位。然後我會回到圖蘭，廢黜和凱卡烏斯一樣殘暴的阿弗拉西亞國王，取代他的王位。那麼我的父親羅斯坦和我將能結合伊朗和圖蘭，結合東方與西方，公正地治理全天下。」

這是誠實善良的索拉布的計畫，只是他低估了奸詐狡猾的敵人。圖蘭國王阿弗拉西亞獲悉索拉布的意圖，卻仍支持他對抗波斯。他還在軍隊中安插奸細，以確保索拉布最後與父親羅斯坦面對面時卻不相識。一開始，父子兩人都置身於各自的陣線後方，觀看兩軍廝殺。到最後，一連串的卑劣詭計與陰謀加上命運作弄，使得傳奇戰士羅斯坦與兒子索拉布在戰場上相逢。當然，身穿盔甲的兩人沒有認出彼此，正如伊底帕斯沒有認出他的父親。此外羅斯坦有個習慣，在對戰時會刻意隱瞞自己的身分，以免自己的知名度促使對手（無論是誰）拚死一搏。至於純真的索拉布，因為太急切想看到父親登上波斯王位，根本想都沒想自己在和誰對戰。於是這一對驍勇善戰的父子就在兩軍旁觀下，拔劍對決。

費爾多西詳細描述父子的格鬥，兩人戰了數日，最後父親殺死了兒子。我之所以如此惶惶不安，倒不是因為故事裡固有的暴力與哀愁，而是覺得像在閱讀自己的親身經歷。這種感覺既擾亂我心，同時也令我嚮往。當我翻閱著這些舊集冊，沉迷於故事當中，感覺彷彿置身於恩戈蘭的劇場帳篷內。每回讀到羅斯坦和索拉布的故事，就像在重溫自己的回憶。

二十八

倘若退一步理性地檢視，我可以看出索拉布與羅斯坦的故事何以如此熟悉，也能看出它與伊底帕斯的故事雷同之處。事實上，伊底帕斯和索拉布的一生有驚人的相似處，但也有一個基本的差異：伊底帕斯殺害了父親，而索拉布卻是被父親所殺。一則故事是弒父，一則是殺子。

然而這個關鍵差異反而更強調了兩者的相似。一如伊底帕斯的故事，作者一再提醒讀者索拉布不認識也從未見過父親。我們會判定索拉布情有可原，因為他並不知道自己準備殺害的是自己的父親。但那宿命的一刻不斷地往後延。

正如同伊底帕斯調查命案的過程花費很長時間才有結果，《君王之書》中父子兩人的對決也似乎長無止境。第一天，羅斯坦和索拉布使用短矛當武器，當短矛不敵盔甲而折斷，他們便拔出彎刀重新再戰。每當刀刃相碰，雙方士兵都能看見火星灑落在父子二人身上。

當彎刀也損毀，他們又改用錘矛。兩人的武器與盾牌在你來我往的重擊力道下扭曲變形，精疲力盡的座騎也放慢了速度。恩戈蘭劇場帳篷內的短劇，演的就是這場戰役的最後時刻。

第一天索拉布以一記錘矛砸傷父親的肩膀，第二天的決鬥更快結束。當我讀到年輕的索拉布抓起父親的腰帶，將他摔到地上，不禁畏縮了一下。索拉布跨坐在他身上，拔出一把綠松石匕首，眼看就要割斷父親的喉嚨，此時羅斯坦為求保命，便智取年輕武士。

「你不能現在殺我，你必須再打敗我一次。」羅斯坦對兒子索拉布說：「只有到那個時候你才有權利殺我。這是我們的傳統。你如果遵從的話，將會被視為真正可敬的武士！」

索拉布留意到內心有個聲音叫他這次饒了年邁的對手一命。可是那天晚上，他的同袍向他提出忠告，說他做錯了，不應該低估敵人。但武藝高強的年輕武士並未將友人的話放在心上。

接著，第三天才對戰不久，羅斯坦便忽然壓制住兒子，把他摔倒在地。我都還沒來得及弄清楚是怎麼回事，羅斯坦已經快刀刺進索拉布的胸膛剖劃開來，殺死了自己的兒子。我當下怔住，一如多年前在恩戈蘭的劇場帳篷內。

伊底帕斯殺死父親（他也不認得他）也是以同樣驚人的速度，而且是沒來由地一陣暴怒。在那個時刻，也許伊底帕斯和羅斯坦腦子都不清楚。就好像上帝驅使這些父與子暫時瘋狂，好讓他們不受良心譴責地互相殘殺，以實踐神旨。

既然是一時激憤的行為，那麼殺死父親的伊底帕斯和殺死兒子的羅斯坦能被視為無辜嗎？古希臘人看索福克勒斯的戲劇時，應該會認為伊底帕斯的主要罪行不在於殺死父親，而在於企圖阻撓神為他安排的命運——正如許多年前瑪穆特師傅所說。同樣地，羅斯坦真正的罪也不是殺死兒子，而是經過一夜激情生下兒子後，卻未盡到父親之責。

伊底帕斯懊悔地剜出雙目來懲罰自己。古希臘觀眾對這樣的結果應該會感到滿意，認為這是拒絕神賦予的命運所該受的懲罰。相同地，羅斯坦應該也理當為了殺害兒子付出某種代價。但是這個東方故事的結局並沒有懲罰，只有讀者的哀傷。沒有一個人會要東方的父親付出代價嗎？

有時候我會在半夜醒來，思索這些事情，妻子則在身旁熟睡。街上的霓虹燈光會從半拉開的窗簾間射進來，照在愛莎優美的額頭與表情豐富的嘴唇上，這時我會暗想儘管沒有孩子，我們還是那麼幸福。我會下床望向臨街的窗外，納悶自己為何一再轉著同樣的念頭。外面，伊斯坦堡的夜裡下著雪或下著雨，我們老舊建築的簷槽幽咽哀嘆，還會有一輛警車閃著一明一滅的藍燈，驚慌駛過。這是支持土耳其進入歐盟的派系會在街上和民族主義份子及伊斯蘭份子起衝突的年代。各方人馬都會揚起國旗，一方面做為旗幟一方面做為武器，因此軍營上方和整個伊斯坦堡都有巨大的土耳其國旗飄揚。

有些夜晚，飛機飛過的聲音會讓我想起瑪穆特師傅。全城的人都已入睡，我會覺得飛越頭頂的飛機是在給我傳送一則私密訊息。我若是搭上清晨那班飛機，就會透過窗子尋找師傅的井，只不過很可能找不到。如今伊斯坦堡已經擴展到吞沒了恩戈蘭，瑪穆特師傅和他的井也已失落在那片大都會泥沼中的某處。我再一次心想，假如想知道我有沒有罪，並從此摒除抑鬱心情，就非回恩戈蘭不可。但我還是硬撐著，得過且過，轉移心思再讀一遍《君王之書》與《伊底帕斯王》，將羅斯坦與索拉布的悲劇拿來和伊底帕斯及其他故事作比較。

二十九

大約就在這個時期，我開始顯露出一種終生的強迫症，在普通狀況下遇見的父子我都會拿來和伊底帕斯和羅斯坦作比較。某天傍晚下班後，我心不在焉地走路回家，聽見咖啡館經理在大聲斥責助手，經理與羅斯坦簡直天差地別，我卻能從他下屬憤怒的綠色眼眸中看出他內心閃過一股欲望，想抓起烤肉刀將老闆開腸剖肚。前往愛莎最好的朋友家裡參加她兒子的生日派對時，我也思考著她丈夫，一個嚴厲、毫不寬容的父親，是否能與愚蠢的羅斯坦相比擬。

有一段時間，我特別偏愛某些報紙，專門報導醜聞與命案，以及會讓我想起伊底帕斯和羅斯坦的新聞。那時候，有兩種命案新聞格外受伊斯坦堡讀者青睞，因此經常出現在這些小報上。第一種是兒子去當兵或坐牢，父親和年輕漂亮的媳婦上床，等兒子回家發現真相便殺死父親。第二種往往有無數不同的情況，導火線則是性事不圓滿的兒子，一時精神錯亂想強暴母親，當父親試圖阻止或處罰，最後卻被兒子所殺。這種兒子令民眾厭惡至極，甚至不肯稱呼他們的名字，大家之所以痛恨他們，與其說是因為殺害父親，倒不如說是因為強暴母親。在牢裡，有些弒父凶手到頭來會被幫派老大、暴徒或職業殺手殺害，後者是希望藉由剷除這種性變態讓自己揚名立萬。沒有人反對這些暗殺行為，無論是政府或監獄單位，民眾就更不用說了。

與瑪穆特師傅一起挖那口井的二十多年後，我開始向妻子愛莎解釋我對伊底帕斯和索拉布的興趣。我絕口未提瑪穆特師傅，但她也開始和我一樣迷上索福克勒斯的戲劇與費爾多西的史詩，當作一種練習，臆測我們並未擁有的兒子。我們私底下會把人區分為羅斯坦型和伊底帕斯型。雖然疼愛兒子並一心為他們著想，卻讓兒子心生畏懼的父親，會讓我們想到羅斯坦，不過當然了，羅斯坦拋棄了兒子。怨恨父親並拒絕接受父親威權的兒子或許像伊底帕斯，但問題來了：那些被拋棄的索拉布都到哪去了？有時候我們會討論應該怎麼做，才不會讓我們想像中的兒子發展出伊底帕斯或索拉布情結。每當去造訪友人後，一回到家我們就會迫不及待地談論起他們的小孩。我們對於壓迫的父親與叛逆的兒子，以及相反地，順從的兒子與縱容的父親，有一些過度簡化的理論。我們將膝下無子的愁緒轉化為更深刻的東西，也藉此鞏固了我們的夫妻關係。

我們家裡的經濟也同樣投機。由於我的公司和市政府及執政黨關係密切，我們都能事先知道哪些地區被劃入都更：建造住宅高樓、鋪設新路等等。我們便根據這些消息買地，同時也享受政府對國宅的補助。我從不認為這麼做有什麼不道德，但有時候我確實好奇，假如知道兒子的工作就是與執政黨領袖交際應酬、參加他們用來炫耀的文化活動與募款活動，還要聆聽他們在各種儀式上的浮誇演說，不知父親會作何感想。曾有許多年，我對父親蓄積了一股持久的怒氣，氣他拋棄我們。但現在已不那麼在意，因為我知道他不會認同我的做法。

我們每個人好像都會想要一個強勢、決斷的父親，告訴我們要做什麼、不要做什麼。這是不是因為太難分辨什麼應該做、什麼不該做，什麼是符合道德而正確的，什麼又是罪惡與錯誤的？或者是因為我們不時需要有人為我們消除疑慮，證明我們清白，沒有道德犯罪？對父親的需求是一直都在，或是只有當我們困惑或苦悶、當我們的世界分崩離析的時候才會感覺到？

三十

四十歲後，我開始輕微失眠，和父親以前一樣。我會在半夜裡躺著睡不著，最後心想乾脆做點有用的事，便移身書房仔細研讀從辦公室帶回來的文件、工程手冊、合約，什麼都好。但那些資料會讓我心情低落，結果反而變得更清醒。最後我發現閱讀《君王之書》和《伊底帕斯王》，能將金錢與數字排出腦海，有助睡眠——好像聽一個古老的童話故事一樣。雖然兩個故事都在描述可怕的罪，但重讀之後，彷彿減輕了我的罪惡感。

像禱告一般一再反覆閱讀同樣的內容具有撫慰作用，但我總會意識到我內心對每一幕的反應不盡相同。這兩本書在各自所屬的文化中都是舉足輕重，一個是希臘或西方文化，另一個則是波斯或東方文化。可是無論重讀多少遍，能讓我起共鳴的都只有主人翁的無數煩惱，以及故事提出的關於道德與存在的重要問題。以伊底帕斯和母親約卡絲妲的性關係為例，我完全無法想像，只能在心裡定義為「重大罪行」後便匆匆往下讀。或許可以說我無法想見那個畫面。

另一個例子則是迫不及待地尋找從未謀面的父親，這是伊底帕斯與索拉布共同的追求，彷如兄弟一般。關於他二人各自與親生父親分隔兩地的成長過程，我一直沒有思考太多。也許是害怕如果想太多，可能會意識到自己的缺乏。當父親離開我（一如羅斯坦離開索拉布）去坐牢，後來又自謀新生活，我便找了具有父親形象的人來取代他並引導我。我仍然經常想起瑪穆特師傅：在我內心深處某個角落，有個不斷縮小的男人在直直地往地心挖一口井，有時候他會以其他裝扮出現在我夢中，跟我說故事。

在一個陰鬱的秋日傍晚，我去見了托普卡匹宮手抄本圖書館館長斐柯麗耶夫人，中間的介紹人是我們共同的朋友哈辛先生，他在一所大學教文學，和我是在第尼茲書店認識的。他告訴斐柯麗耶夫人說我對羅斯坦與索拉布感興趣，她便說：「他應該來一趟，我可以讓他看看我們附有美麗插圖的《君王之書》。」（在伊斯坦堡仍有許多好人。）這所宮殿腹地遼闊，我們坐在矗立其中的阿布杜馬吉蘇丹官邸內交談時，她提醒了我，絕望地尋找父親可能產生我預料之外的結果。

雖然博物館的歷屆館長從未展示過，托普卡匹宮圖書館卻有全世界數一數二的波斯泥金手抄本館藏，這裡收藏的十五世紀與十六世紀手稿數量可媲美德黑蘭的古列斯坦宮畫廊。館藏的種子是在一五一四年播下的，當時鄂圖曼蘇丹塞利姆一世在凡湖以南的察地倫之役中，打敗波斯沙赫伊斯瑪儀一世，繼續揮軍大不里士大肆劫掠，帶了許多書籍與手稿回伊斯坦堡。伊斯瑪儀一世的珍寶當中包括一些泥金裝飾的《君王之書》，書中的彩繪插圖美侖美奐，是他先前打敗古土庫曼人與烏茲別克昔班王朝奪取而來。接下來的兩百年間，薩非王朝與鄂圖曼帝國爭戰不斷，大不里士先後易主十次。但每次戰役後，當薩非王朝派議和使節前往鄂圖曼帝國，一定會獻上他們最引以為傲、附有插圖的《君王之書》，不久這些手抄本便開始在托普卡匹宮寶庫裡積少成多。

斐柯麗耶夫人慷慨地容許我翻閱圖書館中具有四五百年歷史、最精美的《君王之書》，我們一起細細檢視書中描繪羅斯坦剛剛殺死索拉布，抱著他血淋淋、毫無生氣的軀體悲傷痛哭的細密畫。乍看到這些圖畫激起我強烈的悔恨感，這感覺就和當初在恩戈蘭劇場帳篷內看到那一幕的時候一樣。那是父親殺死兒子的悔恨——當我們發覺自己摧毀了某種美麗又無比珍貴的事物那一刻，內心就會充斥這種難以承受的內疚與羞愧。在最細膩的插畫中，幾乎可以從父親的眼神看出他恨不得扭轉自己人生的最後幾分鐘。

那一天，斐柯麗耶夫人讓我看了許多幅細密畫。「謝謝你來，」外頭天黑後她說道：「在這裡有時會覺得孤單。現代人根本都懶得理會這些故事了。很高興你對羅斯坦和索拉布這麼感興趣，為什麼他們的故事特別吸引你？」

「父親殺死兒子之後的懊悔真的很打動我。」我說：「很多年前，我在伊斯坦堡郊區的一個劇場帳篷裡看過類似的東西，始終忘不了。」

「你和父親處得不好嗎？」斐柯麗耶夫人問道，見我沒有回答，便改口說：「在土耳其，我們已經把《君王之書》拋到一旁。我想世人已經不再享受閱讀古代戰爭英雄史詩的樂趣。但儘管費爾多西的書遭人遺忘，《君王之書》裡的故事卻沒有，反而是生氣蓬勃地以多種面貌重現。」

「怎麼說？」

「前幾天晚上，我們在第七台看到一部老電影。」圖書館長說道：「那是改編自《君王之書》中亞達希爾和女奴古娜的愛情故事，由易卜拉辛．塔利賽斯主演。我和我的助理突巴會看這些土耳其老電影，來懷想以前的伊斯坦堡有多美麗，但也常看到《君王之書》與其他書中的情節。伊斯坦堡改變很大，對吧，傑姆先生？但人們的目光依然能認出舊日街道與廣場，《君王之書》裡的故事也是一樣。有一天我們看了另一部電影，雖然故事背景完全設定在現代，卻仍看得出每一個情節點都是借自《法赫德與席琳》的故事。我常說即使這些書被人遺忘了，書裡的故事仍不斷被轉述，可以說是繼續留存著。當我們看這些煽情的土耳其老電影，就會想起那些故事。那些不斷地從《君王之書》裡尋找靈感，為土耳其與伊朗電影寫劇本的人，可能有點像你。在巴基斯坦、印度和中亞也一樣，這些地方的人也喜愛這些故事，並拍成電影，就跟我們自己的老電影一樣。」

我向斐柯麗耶夫人解釋說我是地質專家，不是編劇，因為去了一趟伊朗才會對這些古代故事感興趣。不知她是否聽說了，目前伊朗政府正在試圖取回一幅羅斯坦哀悼兒子索拉布的細密畫？若有人能將這幅畫從紐約大都會美術館送回伊朗，他們將提供豐厚報酬，而且正在利用某些狡猾畫商當中間人。

「看來哈辛先生給你提供了不少伊斯蘭藏書界的最新八卦。」斐柯麗耶夫人說：「你提到的那本名書本來就收藏在托普卡匹宮這裡，可是當鄂圖曼的幾位蘇丹決定拋下一切遷離，書就被偷走了。最初落入羅斯柴爾德家族手中，後來轉賣給了美國人。這本書就和書中幾個悲劇主人翁一樣，一生都流亡於異鄉。所以才總是被引用為民族主義者的政治象徵。」

「這是什麼意思？」

「你有沒有停下來認真想過，《君王之書》中經常出現，而且總是語帶譏誚與憤恨加以形容的圖蘭與魯米利亞人，其實是突厥人？」

「但是《君王之書》寫於西元一千年，」我面露微笑說：「那時候突厥人根本還沒離開亞洲。」

「傑姆先生呀，你也許比許多所謂的學者更博學，也更有求知欲，但你畢竟還是門外漢。」斐柯麗耶夫人語氣溫柔地暗示我要懂分寸，隨後才重新展開導覽行程。

她說我是門外漢，我並不覺得受傷，但確實提醒我察覺到自己的研究調查帶有多麼濃厚的個人情感。這許多插圖中也有不少女性看著丈夫與兒子格鬥，當她們看到這些男人殺死自己的子嗣，將血淋淋的屍體抱在懷中，也跟著痛哭流涕。當我一再看見這些女子，偶爾會想像將她們的頭髮塗成紅色——像在畫著色本一樣。

我再三感謝斐柯麗耶夫人邀請我到辦公室，分享她的專業知識，甚至為此騰出了數小時。那個秋日，我們聊到夜幕低垂。四下沒有一個遊客，博物館並未對外開放。稍後，當我從托普卡匹宮的柱廊下通過，穿越鋪滿栗樹與懸鈴木黃葉的庭院，忽然想到我的感覺也許就相當於減輕了我似乎無法逐出心靈的愧疚感，或甚至是將它轉化成工程師的文學消遣：一種歷史意識。

斐柯麗耶夫人其實並不關心現代政治的複雜情勢，但她卻將所有手稿中最頂尖的《君王之書》的命運與民族主義者的政治觀連結在一起。這也讓我想到我先前忽略的，伊底帕斯和索拉布的另一個共通點：政治流放與遠離祖國……父親一提起這個議題，總是十分情緒化。他有幾個激進派友人在軍事政變後立即逃往德國，若不這麼做會有何下場，他們心知肚明。另外有些人（像我父親本身）留了下來，或許是沒有錢離開，也或許是覺得自己沒做什麼太過分的事，不一定要走。還有人則是單純認為自己不會被捕。但最後他們全都被警察抓起來刑求。

為了尋找失散的父親，伊底帕斯和索拉布雙雙被逐出自己所屬的城市與國土，來到極易受敵人剝削的地方，最後成了叛徒。在兩個故事中，對家庭、國王、父親與王朝的忠誠，凌駕於對民族的忠誠之上，但作者始終未強調主角叛國的困境。然而，為了找到自己的父親，伊底帕斯王子和索拉布最終都與自己同胞的敵人合作。

三十一

愛莎一滿三十八歲，我也滿四十歲後，她便開始認命地認為我們想生孩子的美夢永遠不會成真，不久我也受她影響。我們可以說是因為面對麻木無感的土耳其醫師，又在伊斯坦堡的美國與德國醫院作了一連串漫長無止境又令人筋疲力竭的嘗試後，乾脆就放棄了。

最幸運的是疲憊與失望讓我們變得更親近。我們甚至成為更好的朋友，逐漸疏遠其他家庭，更加投入知識的追求。愛莎受夠了那些有孩子的朋友對她的同情——偶爾甚至會受到蓄意的殘忍對待，因此她不再與她們相約見面，也開始找工作。不久之後，我決定開一家公司，好好把握住目前雇主放棄的一些小型營建工程，並提議由她來負責營運。她很快就學會如何管理工程技師、應付工頭。無論如何，幕後操控的人還是我。我們把公司命名為「索拉布」，現在，這間公司就是我們的孩子。

我們開始一起出外旅行，有如度蜜月的年輕夫妻。每次當飛機起飛，我就會趴在妻子腿上探身望向窗外（愛莎覺得此舉十分親密），尋找恩戈蘭。在頭一年的旅行當中，我從飛機上發現我們位在恩戈蘭的高原，如今已是遍地建築與工廠，奇怪的是此番情景讓我覺得心境平和。

夏初時分，我們搬到居密瑟約區一間昂貴的四房公寓，有海景可賞。旅行時，我們總是住最好的飯店、造訪所有觀光景點，在參觀博物館的行程之間，還會偶爾塞進一小段時間去倫敦或維也納專治不孕症的診所作諮詢。每次看診都勢必會燃起我們的希望，但一次又一次的失敗也更加令人心碎。

在斐柯麗耶夫人的建議下，我們特意找了一些收藏波斯手稿的博物館圖書館，例如都柏林的契斯特．比提（承蒙一位外交官友人協助我們進入），以及次年的大英博物館圖書館，參觀附插圖的《君王之書》的各種版本，一飽眼福。這些素描與細密畫鮮少展示出來，參觀博物館的人大多無緣得見。館內年紀輕輕、能力出眾又極度專注的館長助理，他們偶爾戴上的白色手套，以及瀰漫在儲藏室內的木頭與積塵味與檸檬色調的燈光，都在在提醒我們這些圖像是多麼古老、多麼活生生又多麼脆弱。

這些費盡心力又細膩的細密畫讓我們體悟到，那所有古代的生命是何其短暫，何其快速便徹底遭人遺忘，我們竟以為能從少許的事實當中捕捉到生命與歷史的意義，未免太過自負。我們離開這些博物館圖書館的陰暗廳室來到歐洲大都市的街道上，感覺到藉由欣賞這些藝術品也增添了些許智慧。

和父親那一代所有受過教育的土耳其人一樣，當我在西方世界的商店、電影院與博物館閒逛之際，真正想找的是可能改變並啟發我自己人生的一個想法、一件物事、一幅畫，什麼都好。莫斯科的特列季亞科夫美術館便有這麼一件藝術品，那就是伊利亞．列賓的名畫《伊凡雷帝殺子》，我和愛莎看得目不轉睛，滿心敬畏。畫中描繪一個父親，和羅斯坦一樣，抱著自己剛剛殺死的兒子流血的軀體。此畫很像出自某位波斯畫家之手，他不但從羅斯坦與索拉布故事中最具代表性的場景獲得靈感，還受到文藝復興透視法與明暗對照技法的薰陶。父親（國王）一時激憤失去理智而殺死兒子，此時抱著血跡斑斑的身軀，恐懼與悔恨銘刻在臉上；兒子（王子）癱軟在父親懷裡，這些都是為人熟悉的特點。殺子的父親是殘暴的沙皇伊凡四世，沙皇俄國的建立者，蘇聯導演愛森斯坦的電影《恐怖的伊凡》中的主人翁，也是史達林的最愛之一。畫作散發出的殘忍與悔恨，它的簡單毫無修飾、它的真實無偽，詭異地讓人聯想到殘酷無情的國家威權。

那天晚上，抬頭看著莫斯科漆黑無星的天空時，我內心裡也同樣感受到對於威權那種熟悉、令人喪膽的畏懼。恐怖的伊凡似乎既對自己的作為感到後悔，又對兒子充滿無盡的愛與溫柔。我回想起父親教誨過我一句令人膽寒的警語，其中表達出官員對於才華洋溢又批評時政的藝術家與作家的矛盾心態：

「必須先吊死詩人，然後才在絞架前哀悼他們。」

有一度，凡是鄂圖曼帝國的新蘇丹即位，第一件事就是處決其他所有王子（隨後再對他們的死表達哀悼，因為他們畢竟是兄弟）。而他們為這番屠殺辯解的邏輯是，為了國家好，不得不殘酷。我十分渴望與父親討論這些想法，但我雖然想念他，卻遲遲沒有付諸行動，唯恐找他之後發現他不認同我。

我們參觀歐洲各博物館的目的，一方面是為了抹去沒有孩子的痛苦，另一方面則如同我們不斷輕鬆地告訴自己，是為了找「一幅伊底帕斯的畫像」。但是除了一、兩幅描繪索福克勒斯戲劇的學術性畫作之外，幾乎毫無所獲。法國畫家安格爾展示在羅浮宮的《伊底帕斯與司芬克斯》，給人留下的印象微乎其微。我唯一只記得我暗自納悶：從前景洞口可以看到背景有一座淡淡的小山，那底比斯城的輪廓可有絲毫的寫實成分？

另一幅是法國象徵主義畫家居斯塔夫・莫羅的《伊底帕斯與司芬克斯》，展示在巴黎與畫家同名的美術館內，此畫比安格爾晚了五十年，也同樣著重於伊底帕斯成功解答司芬克斯之「謎」，而非他的罪行與罪惡。在紐約的大都會博物館有這幅畫的複製品，而就在四十步外的伊斯蘭藝術展館，我們看見了羅斯坦殺死兒子索拉布，不由得產生混淆。大都會博物館內燈光昏暗的伊斯蘭館一如平常空空蕩蕩，讓人覺得好像在視察一個棄置已久的地方。莫羅的畫，即使不知道背後的典故也會有人欣賞，但這幅出自《君王之書》的畫，卻只因為我們知道它的故事才覺得感動。它所帶來的美學享受可以說有限得多。

更令人不解的是，在歐洲描繪人物的傳統範圍更廣也更豐富許多，卻未能畫出更多伊底帕斯的畫像，諸如伊底帕斯殺害父親或他與母親同床共枕等重要場景，完全沒有相關畫作。歐洲畫家或許能以文字描述這些時刻，並了解其意義，卻無法想像文字描述的這些行為，進而呈現在畫布上。因此他們只能局限於伊底帕斯解答出司芬克斯之謎的景象。相反地，在回教國度始終不盛行人像畫，甚至還經常遭禁，畫家卻熱切地創造出數千幅畫，描繪羅斯坦殺死兒子索拉布的那一刻。

只有義大利小說家、畫家兼電影導演帕索里尼，曾以一部《伊底帕斯王》打破不成文的慣例。由義大利大使館贊助，在伊斯坦堡舉行為期一週的帕索里尼回顧展，我去看了這部令人局促不安的改編作品。飾演伊底帕斯的年輕演員與片中的母親（由年紀較大卻仍風韻猶存的希華娜・曼加諾飾演）擁抱、親吻、上床。片中這對母子做愛時，當晚擠滿「義大利劇院」鑲木放映廳的伊斯坦堡影迷與知識份子，全都陷入震耳欲聾的寂靜之中。

帕索里尼是在摩洛哥拍攝這部片，以當地的景色、泛紅的土壤與一座幽靈般的紅色古堡為背景。

「我不介意再看一次這部紅色電影。」我說：「妳覺得有可能在哪裡找到DVD或錄影帶嗎？」

「那個美麗的希華娜．曼加諾……連她的頭髮也是紅的。」妻子說道。

三十二

讀者們千萬不要以為我們是一對沒有生產力的知識份子夫妻，成天只是看藝術電影和古老的手稿與畫作。其實愛莎每天早上和我一起出門，去掌管我們的公司「索拉布」，公司成長之迅速，我們倆都很意外。我白天的工作下班後，會順便進公司一下，它嘈雜的辦公室位在尼尚塔希區。我們會和技師一起工作到很晚，再找個地方吃過晚飯後才回家。

二〇一一年將近尾聲時，就在帕索里尼回顧展開幕整整一年後，我遞出辭呈，打算全心投入索拉布。我仍然得到伊斯坦堡各處的建築工地監看，只不過現在是為我自己的公司做事，當我們來自薩姆松的司機在堵塞的車陣中龜速前進之際，我仍繼續用手機做生意。和我在緩慢車程中講電話的供應商、工地主管與房地產業者，多半也同樣在市區的某個地方塞車。有時候，討論建築法規或利潤討論到一半，他們會忽然停下來和司機爭吵，或是攔下路上行人問那一區叫什麼。我會愕然驚覺和我通電話的人很可能正塞在一個以前聽都沒聽說過，如今卻人滿為患的新興區。每個人都在蓋房子，只要能力所及，買得起的就買，這座城市正在以令人驚訝困惑的速度成長。

每當看見窮人、年輕人、街販或停車場管理員當街大打出手，我便會體認到自己現在已是富有的中年人，更重要的是對這個狀況早已習以為常。我會自問：**除了妻子的陪伴以及對於一些古代故事的外行熱忱之外，我的人生還有任何樂趣嗎？**我會想到父親，我會打電話給妻子，我會試著說服自己說堵在壅塞的市區裡，我內心平靜。沒有孩子讓我習慣了憂鬱與謙卑。有時我會靜下心來想，如果我有孩子，現在也應該二十歲了。

起初，我們把賺來的錢全花在名牌服飾、家中小擺飾、鄂圖曼時期的珍品、古玩、手寫的皇室飭令、精美地毯與義大利家具上面。但這種高調的消費方式完全無法滿足我們倆，只是徒增膚淺與虛偽之感。本來我們應該會想向某些朋友展示我們的華美收藏，因為他們的生活方式就是會促使我們這麼做，但有一部分的我仍強烈傾向於憎恨他們。這很可能是受到父親的左派思想影響。因此即使財富不斷累積，我們還是繼續開那輛不起眼的雷諾Megane。

我們開始把大多數的錢投入土地，在未來可期的鄰區開發新建案、購買舊大樓。當我們將市區外圍的空地一一買下，我覺得自己就像個蘇丹，利用為自己的帝國開疆闢土來遺忘沒有子嗣之憾。「索拉布」也和伊斯坦堡一樣，正以驚人的速度成長。

我們在車上裝了衛星導航，可以隨時告知你所在的街道名稱。我們會循著螢幕上的路線，一路來到以前從未見過的新社區，爬上小山看著天邊的王子群島，為城市的擴展感到驚異。不過我們不像許多人那樣，不停地抱怨舊市區蕩然無存，反而欣然視這些新鄰區為商機。愛莎每天在辦公室詳讀政府公報裡的法拍公告，並仔細瀏覽每天的《自由報》與其他網站的房地產網頁。

有一天，愛莎告訴我一個法拍案，她覺得我們應該把握。我還沒來得及看公告，她已經在Google Maps上找到地點並放大。我一看到「恩戈蘭」幾個字出現在螢幕上，心立刻急促狂跳。但一如老練的刺客，我絲毫不動聲色。我讓游標在螢幕上繞了一下，才悄悄接近我一生中最重要的城鎮。

「恩戈蘭」三個字已加入了「車站廣場」。附近有幾條街道隱約覺得熟悉，但在Google的地圖上是以正式名稱標示，而不是三十年前當地人熟知的名稱，例如「餐車巷」，所以我幾乎認不出幾條街名。我最先找到車站，接著是墓園，再試著藉此找出我們的高原在地圖上什麼地方，可是從街名實在無從判斷，因為現在整個地區全都是道路。

「姆拉特說他們要蓋一條新高速公路通過這裡，有一個地點視野很美，正好可以開發新的住宅區。星期天早上，去你母親家的路上順便去看看怎麼樣？」

姆拉特就是請我去德黑蘭那個大學同學。他已經放棄其他所有的投機生意，加入建設工程的淘金潮，而且多虧了他那些保守派執政黨的朋友，他的營業額讓我們相形失色。不過當某一區地價可能上漲，他倒是會好心地向我們提供情報。

「我覺得這個恩戈蘭有種魔咒，」我對愛莎說：「就像小時候聽童話故事裡說的那種地方。還是暫時先擱著吧，何況那裡的人一直都有閃亮的夜空可看，妳能賣什麼樣的視野給他們呢？」

三十三

那年春天異常乾旱，到了夏天伊斯坦堡就缺水了。由於水庫水位低下，城裡的老舊水管只能流出平常的一半水量。在某些鄰區，父母親會在半夜醒來傾聽水管動靜，就像他們小時候一樣，如果水又來了，就能準備沖澡並重新在浴缸裡注入清水備用。水的分配於是成了政治激辯的議題，偶爾還會在城裡四處引發暴力衝突。

夏末時分，一連多日的閃電與傾盆大雨，造成伊斯坦堡一些地區淹水。那陣子下過暴雨後的某天晚上，父親請我們吃晚飯。他的新妻子給愛莎寫了一封電子郵件。他狀況真的差到沒辦法自己寫信嗎？我納悶。

他在薩勒葉後面一個新興住宅區租了一間公寓，位在山坡上，可以眺望黑海。我們開了兩個小時才到達。黑海只是遠方的一點髒汙，而儘管這個小公寓是新屋，卻已經看起來破破爛爛，裡面塞滿父親囤積四十年的物品，這也是我童年的記憶。天花板上有雨水的汙痕。一開始我們開開玩笑、勉強說些笑話，並交換親暱的言行，一熬過這些時刻後，我立刻驚覺父親的疲憊與貧困。

小時候我將他視為偶像崇拜，總是滿心期待能多和他相處一會兒、和他說話、讓他抱入懷中逗弄。但如今那個男人衰弱了，他步伐變慢、背駝了，最糟的是他接受生命交付給他的挫敗。原來那個總是打扮得一絲不苟的風流男子，似乎已不再關心自己的穿著或健康，還會淡淡地對兩者的悲慘狀況開玩笑說：「左派份子在乎的是原則，不是外表。」

然而，他不斷地與他那容光煥發、大胸脯又暴牙的妻子調情，連珠砲般地射出雙關語，暗示他們的性生活水乳交融。愛莎也加入他們的戲謔談話，不一會兒，以共同經歷為主的話題轉向了愛、婚姻與青春。由於我無法在父親面前談論如此私密的事，便端起茴香酒，退到角落的書架前，瀏覽那些左派舊書的書脊，這都是我小時候他就有的書。不過我還是持續聽著餐桌旁的談話，當父親的妻子提起那年夏天嚴重缺水，我想起了瑪穆特師傅。

「我敢說在薩勒葉這裡，還可以用古老的方法挖井。」我突然揚聲說道：「只需要一個木板模和一條倒水泥的滑槽就可以了。」

「你又知道了？」父親說。

「一九八六年，你離開我們的那個夏天，我需要錢付補習費，所以跟著一個挖井的老師傅當了一個月學徒。」我說道：「我甚至沒跟愛莎提起過。」

「為什麼不說？你對從事無產階級的工作感到羞恥嗎？」父親說。

我很高興終於將我辛苦勞動的事情告訴父親——雖然他對我們的富裕並無異議。我錯就錯在沒有見好就收，而是一發不可收拾地向父親提起伊底帕斯和索拉布和羅斯坦，所有我讀過的書、我們到歐洲參觀的博物館，只為了讓他看看我有多麼精通文化與社會歷史。

「在這方面魏復古是真正的權威。」父親雲淡風輕地說：「我這裡好像有他的書。現在已經沒人看他的書了，大家都把他忘了……他要是知道在伊斯坦堡一個左派份子的書架上，塞了一本他的書的法文譯本，會有何感想呢？」

我也經常針對他向自己提出同樣形式的問題（「父親若是知道會作何感想？」），這激起了我的好奇心。我掃視著搖搖晃晃的書架上那些積滿灰塵的書冊。

我又喝了一杯茴香酒的時候，父親默默坐在餐桌另一頭。我們的妻子已開始談她們自己的話題。

「爸……」我開口說：「你那個時候的激進團體……你記得那些國民革命毛派份子嗎……他們是什麼樣的？」

「我認識很多那個團體的人，」父親說：「也有很多女生。」他用猥褻口吻補上一句，像個喝醉酒的男學童。

「什麼樣的女生？」父親的妻子問道，彷彿對丈夫年輕時的輕佻感到自豪。

無論我如何巧妙隱藏，即便對自己也不敢坦承，但這麼多年來我還是會暗自懷疑：在父親鬥志最高昂的時期，非常可能知道那支在道德故事劇場表演的劇團，說不定還看過紅髮女子演出某齣政治戲劇。我很好奇，他對於我第一次發生關係的女子會有何想法？

然而，這時候他慢慢清醒了，臉上再次流露出審慎超然的表情，每當他想對我隱瞞他私生活與激進活動的細節，就會習慣性露出這種表情。他趁著一個談話空檔，嚴肅地問起母親的近況。我告訴他我在蓋布澤替她買了一棟房子（她不想搬到伊斯坦堡），我和愛莎每隔一週的星期日會開車去看她。這樣就夠了，「你媽媽過得好，我很高興。」他說完隨即結束這個話題。

我喝得太多，因此回程由愛莎開車。「你為什麼不告訴我，你當過挖井學徒？」她問話的口氣有如母親溫柔地斥責兒子。時過午夜，當車子蜿蜒駛過貝爾格勒森林與其間的水壩，坐在副駕駛座的我在一陣帶有百里香香氣的涼風中，聽著嘶啞的蟬聲昏昏入睡。

我腿上放著一本如今已過時的魏復古論文集《東方專制主義》，可是到家以後，我卻打開電腦。我在Google Maps上找到恩戈蘭，然後靜靜地從空中把它放大。我看見車站廣場上一家糕餅店和一家銀行的廣告看板，和通往伊斯坦堡的高速公路旁一間加油站的看板。我試著回想這每一個地點，想像著當初尾隨紅髮女子到處跑的時候，所有經過的地方。

我們在恩戈蘭相遇時，她若沒有謊報年齡，現在的她已經六十歲了。父親的新妻子差不多是這個年紀，因此我輕易便能想像他和紅髮女子在那間眺望黑海的小公寓裡一起生活。

我不許自己試圖去找出她在哪裡或在做什麼，而自從我們邂逅後將近三十年來，我也從未在無意間發現她的蛛絲馬跡。當然，我確實偶爾會對她感到好奇，尤其是看到清潔劑、信用卡和退休計畫的電視廣告中，出現與她同輩的女性——這當中無疑有些人就是演她演過的那種民俗戲劇出道，扮演心滿意足的母親角色（或是晚年扮演幸福的祖母）。某些晚上，我會看一些以數百年前的鄂圖曼宮廷為背景的肥皂劇，透過因茴香酒而變得遲鈍的感官凝視著電視螢幕，試圖分辨正在教導蘇丹新納的年輕妃子如何應付後宮政治、如何不讓丈夫厭倦的那個高大、豐唇的名妓，到底是不是她，或者我根本已經忘記我的第一個女人的長相？有時候，為外國影集配音的配音員，聲音挺起來有點像她，我便會努力回想多年前在黃色帳篷中，她是如何表達最後那段憤怒的獨白，回想那天晚上在車站廣場散步時，那個令我深深著迷的聲音。

公司的業務蒸蒸日上，我卻工作過了頭，有一天晚上在緊張的壓力下醒來後，我好奇地瞪著一封電子郵件，來信者是目前負責操作「索拉布」房地產投資的一個退休技師，他轉寄了一則恩戈蘭地產的廣告。出售標的是一間舊倉庫兼工坊，地點離我和瑪穆特師父挖井之處不遠。經過了三十年，那些破舊建物本身大多已無用處，真正值錢的是建物所在的土地與開發的機會。我沒有和仍熟睡中的愛莎商量，便寫信向員工表示我們有興趣。

三十四

魏復古的《東方專制主義》肯定曾經風光一時，但我和愛莎起初都不明白父親為何提起此書。書中完全沒有提到伊底帕斯、索拉布或任何我當時談論的東西。他很顯然從未細讀過，只是大略翻了翻，因為它被視為討論東方社會的左派經典文本。

此書出版於一九五七年，冷戰高峰時期，書中大篇幅地討論旱災與水災。魏復古十分關注在某些亞洲國家（例如中國）地理條件惡劣的區域，用來維持農業的運河、水壩、道路與灌溉系統，以及建造這類基礎設施所需的龐大官僚體系。他主張只有在嚴格的威權體制下，主政者不容許任何反抗或叛亂，才可能建立起這種組織架構。因此，魏復古接著說，這樣的統治者不會讓後宮與官員階級充滿獨立思考的人，而是會讓自己身邊環繞著奴隸與阿諛奉承者。

「當國王以這種方式對待妻子與官員，也就不難想像他會殺死親生兒子了。」愛莎說：「這不意外，這些人是什麼樣子，我們心知肚明。但這無法說明宮廷畫家的想法。

他們為什麼這麼喜歡描繪那個可怕的時刻？」

「因為這樣就有機會畫一個哭泣的國王。」我說：「這些場景只是表面上充滿悔恨與憂傷……真正的目的還是在強調蘇丹的絕對權力。畢竟最初命人畫畫的就是他，不是這世上那些愚蠢、可悲的索拉布。」

「好，索拉布就是愚蠢，可是伊底帕斯就比較聰明嗎？」愛莎說。

魏復古的魅力或許很快就消退了，但父親建議的這本書確實指出了，一個文明的本質與它思考弒父與殺子等觀念的方式有所關聯。單憑這一點，我就很慶幸參考了這部有如百科全書般、探討亞洲水道與「水力社會」的歷史與人類學論文集。

到了冬天，我已經決定買下恩戈蘭那塊地。伊斯坦堡過剩的人口正一波接著一波湧進該地區。而且不久前，姆拉特告訴我們，靠黑海那側很快就要蓋第三座跨越博斯普魯斯海峽的大橋，而連接這座橋的公路與交流道會經過這裡，為這些社區注入新活力。我不能再以民間故事、凶兆與舊時記憶為藉口，必須開始優先考慮「索拉布」。

我們將所有精力投入公司，但每當想到自己沒有孩子，就會意志消沉：等我走了，誰來繼承這些呢？當然了，就算我有兒子，他也很可能像我一樣，不繼承父親的志業，而是選擇一條截然不同的路。可是至少他曾經是我的兒子！說不定他還會成為作家。相較之下，伊底帕斯和索拉布的故事根本微不足道。

有一天晚上，父親的妻子打愛莎的手機告訴我們他人不舒服。我們立即上車，但從我們辦公室到他們家，車程整整花了三個小時又十五分鐘。我發現他們的窗口沒有亮燈，大吃一驚，甚至有些著惱，當父親的妻子流著淚開門，我第一個想到的是他們肯定吵架了。但我一進屋，就發覺父親已經去世。有人開了燈，我愣愣地瞪著一幅我不想看見的景象，內心懊悔不已：父親躺在沙發上，我們上次來訪時，他就坐在那張沙發講故事娛樂我們。

他是什麼時候走的？如果是在我們堵車的時候，那可以說是我的錯。不過也許我們接到電話時，他就已經死了。我無法正視他，卻像個警探一樣，一而再、再而三地拿同樣這個問題問他哭泣的遺孀。她回答不出來。

我們決定留下來過夜陪她之後，我在冰箱找到一瓶茴香酒，便喝了起來。我們打電話找來醫生，他證實了我們的懷疑，父親確實死於心臟衰竭。讀死亡證明書時，以及後來當我們三人將他抬進臥室，放到乾淨的床單上，我都幾乎潸然淚下。也許我真的哭了，只是他妻子的啜泣聲太響亮，淹沒了我可能製造出的任何聲響。

午夜過後許久，妻子才去睡在沙發上，父親的妻子睡另一張床，我則上床躺在父親身旁。我可憐的父親的一切，他的頭髮、臉頰、手臂、襯衫皺褶，甚至於他的氣味，都和我小時候的記憶一模一樣。

我的目光在他頸部的皮膚上游移。我七歲那年的某天，父母親帶我去黑貝里島的海灘。他們想教我游泳，母親將我肚子朝下放進水裡，我胡亂地手揮腳踢，試圖游到站在三步外的父親那裡。每當我一靠近，他就會再後退一步，讓我不得不再游遠一點。但一心只想抓住他的我會大喊：「爸爸，別走！」見我呼天搶地激動不已，他會忍不住微微一笑，伸出強壯的臂膀將我像貓咪一樣從水裡抱起來，讓我的頭靠在他胸口或頸窩，也就是我現在注視的部位，即使在海邊，這個部位也保留著他獨特的氣味，像餅乾和花香香皂的味道。每一次，他都會皺起眉頭說：

「沒什麼好怕的，兒子。有爸爸在，好嗎？」

「好。」我抽噎著說，沉浸在被他擁抱的喜悅與安心之中。

三十五

我們將父親葬在費里克伊墓園。參加葬禮的人分為三類：前排是所有遠近親疏的親戚，包括我們和他哭泣的遺孀；後面是許許多多看在我面子上前來的承包商、工程技師和商人；最後則是他昔日的激進派友人，三三兩兩站在一旁抽菸，等候祈禱的召喚。

我很想多說一點葬禮的事，但這好像不太重要，我也就不詳述了。費里克伊墓園的人群散後，有一個身材壯碩、面容和善的男子走上前來，使勁地擁抱我。「你可能不知道我是誰，但我認識你好多年了，傑姆先生。」他說。

他發覺我沒認出他，連忙道歉，並將名片塞進我胸前口袋。

我直到兩週後回去上班才又看了這張名片。我試著回想十六歲那年夏天，在恩戈蘭認識的所有人的名字與面孔，試著想起這位希勒．席亞赫魯先生，他說他是在那時候認識我的，名片上顯示他現在在從事「名片、邀請函與廣告的印製服務」。我腦海中不斷浮現另一個學徒阿里的容貌。除了紅髮女子和瑪穆特師傅之外，他的命運最令我感興趣。

但我仍然想不起希勒先生，於是寫了一封電子郵件到他自己印的名片上的電郵地址。我心想若是和他見面，可以問問他以前恩戈蘭那些人後來怎麼樣了，也順便打聽一下那一帶的房地產遠景。要想裝作若無其事，最好的方法不就是在多年後，以建商身分回到犯罪現場嗎？

十天後我們約在尼尚塔希的宮廷布丁店碰面，過程既短暫又令人慌亂。我們省略了寒暄閒聊，這或許是我的錯。會面時的每一刻，我都覺得只要開口問就能得知我一直想知道的事情，但同時又感覺自己可能會太害怕而不敢問。

希勒先生似乎變得比在葬禮上更粗壯、更肥胖。我回想起那個月在恩戈蘭見過的一些面孔，仍然想不起他。但在我為此煩躁不安之前，他便坦承說他雖然一直都知道我是誰，但在我父親的葬禮之前，我們從未見過面。

他與我父親有私交，向來對他有很高的評價，所以很高興有機會來表達他的敬意。他一眼就認出我了，因為我和父親長得很像，同樣英俊，臉上也帶著同樣親切、誠實的表情。父親曾是愛國與自我犧牲的典範，他為了國家放棄一切，而且完全出於他本身的善良。他因為自己的信念遭受酷刑，卻始終沒有屈服，他在牢裡受盡折磨，但並未像其他某些人一樣改變態度。不幸的是他受到自己朋友的中傷，以至於如此潦倒。

「什麼樣的中傷，希勒先生？」

「那已經是很久以前的事了，傑姆先生，是激進派中的八卦，我就不拿這種可悲又無聊的事情來浪費你的寶貴時間了。我只想請你幫個忙。貴公司索拉布有意購買我的一小塊土地，但是你的仲介和技師企圖坑我。令尊是一個見不得不公不義的人，我想應該讓你知道是怎麼回事。」

他那塊地獲得的出價低於市價，因為有其他人出面宣稱擁有持分，但實際上那塊地是他一人獨有。

「希勒先生，你能不能告訴我那塊地的確切地點，以及在哪裡登記的？」

「我影印了一份土地權狀。你會發現上面說有其他持分人，但你別被騙了。」

我一面細看權狀，試著釐清他的土地的位置，一面佯裝無關緊要地說：「很多年前，我自己也在恩戈蘭待了一段時間。那一帶我很熟悉。」

「我知道，傑姆先生。你在一九八六年夏天去過我朋友的劇場帳篷。那時候，圖爾蓋先生夫婦在我家作客了一個月左右，他們住在我的公寓，而圖爾蓋先生的父母則住在樓上，面向車站廣場那側。」

希勒先生就是那個招牌製造商，我和紅髮女子做愛的地方就是他的公寓！後來出來應門，跟我說劇團已經離開的女人，一定就是他的妻子。我之前怎麼就沒想到呢？

「你和瑪穆特師傅在城外的高原上挖井。」他說：「我那一小塊地就在你們的井再過去一點。瑪穆特師傅終於挖到了水之後，一大堆企業人士都跑來想弄到一點土地。我畫招牌賺得不多……可是我和妻子省吃儉用攢下一點錢，兩、三年後也買了一小塊地。現在這塊地是我們家唯一的資產。」

我剛剛發現了一件事，是我內心某一部分，也可能是每一部分，一直以來都知道卻從未真正相信過的事：瑪穆特師傅不只活下來了，還繼續挖到了水。我試圖消化剛剛得知的消息，兩眼盯著布丁店裡的顧客卻視而不見（有來吃個點心的學生、購物的家庭主婦、西裝筆挺的男人），整顆心陷在過去喚不回。

為什麼三十年來我始終認為自己可能誤殺了瑪穆特師傅？

很可能是因為我讀了《伊底帕斯王》，相信故事的真實性。至少我希望這麼想。我從瑪穆特師傅那裡學會相信古老故事的力量。而且我和伊底帕斯一樣，忍不住想要調查自己過去的罪行。

「希勒先生，能不能請問你是怎麼認識瑪穆特師傅的？」

瑪穆特師傅在我回伊斯坦堡後找到了水，海利先生賞給他許多禮物和更多工作。他受到極大的尊崇禮遇，因為挖井時，桶子掉落砸傷了他的肩膀。海利先生又委託瑪穆特師傅挖兩口井，連接地道與儲水槽。其他工廠與洗染廠也開始請他協助設計他們自己的儲水系統，並監督挖鑿過程與水泥的灌注。由於鑿井技術漸漸式微，肩膀受傷的瑪穆特師傅最後在恩戈蘭定居，直到去世。

「瑪穆特師傅是什麼時候去世的？」

「已經有五年多了。」希勒先生說：「他們把他葬在斜坡上的墓園。他在恩戈蘭的學徒、其他挖井的同行，還有許多商人都去參加了他的葬禮。」

「瑪穆特師傅就像我的父親一樣。」我瞪大了眼睛說。

從希勒先生看我的眼神看得出來，他知道我曾以某種方式傷害過瑪穆特師傅，使得他到死都懷恨在心。但是因為需要我幫忙，希勒先生有所遲疑，不願把話說得太過分。他是否知道，三十年前我以為自己殺了師傅，驚慌之餘竟將他棄於井底不顧？

瑪穆特師傅是怎麼脫身的？我實在迫不及待想知道，也想詢問關於紅髮女子的一切，但卻沒有作聲。

「瑪穆特師傅老說你是他的學徒當中教養最好的一個。」希勒先生尋思著說點好話。

我猜瑪穆特師傅對我的評語不只如此，想必會再加上一句「這些會讀書的才讓人不放心」之類的話。這不能怪他。他的肩膀被砸傷是我的錯。

希勒先生並不知道他的房子是我性愛初體驗的地點。我忍住沒有單刀直入問我想問的問題，而是兜著圈子打聽到以下幾件事：希勒先生與妻子已經搬離那棟有大窗面向車站廣場的醜陋建築；那棟樓房也已拆除，改建成購物中心，現今是當地年輕人的逛街去處。如果我想親自去看看他的地，他很樂意帶我到恩戈蘭四處走走，而且無論如何都要請我到他家裡做客。他已經脫離左派運動很久，但並未完全切斷與老友的連繫。他偶爾還是會買一份《國民革命》報來看，只是不像以前那麼忠貞，因為革命的情勢變得相當極端。「與其一天到晚把美帝主義掛在嘴邊，還不如寫一點關於建築業的弊端與不公。」他說。

這句話是否隱含著威脅之意？

「你放心，希勒先生，我會和我的人談一談，一定給你一個圓滿的交代。不過現在我有件事想問你。你說有一些關於我父親的謠言……」

父親並非特殊案例。當時土耳其是個落後國家。即便是沒有惡意的馬克思激進份子，尤其是來自東部地區的人，都可能還保有「封建」思想。他們不認可男女交談、公然調情，當然更反對在團體內搞男女關係。這類被禁止的行為肯定會在組織運動中引發嫉妒與爭執，因此幹部們對父親的風流韻事很不以為然。

「那個女孩很漂亮，但已經被國民革命軍最高層級的某個人看上。」希勒先生說。

這導致情況失控，最後父親離開了那個團體，加入另一個。較資深的那個組織成員娶了女孩，但他最後被憲兵射殺身亡，由於女孩無法脫離組織，結果便改嫁那人的弟弟。父親對那個活潑勇敢的女孩的熱情受阻，但也可能因為如此，他才會作出明智的選擇，娶了組織外的人，生下了我。如今父親已經過世，希望這些往事不會太困擾我。

「一切都過去了，希勒先生，沒什麼好困擾的。這都只是陳年往事。」

「傑姆先生，其實這些人你都認識。」

「哪些人？」

「那女孩最後嫁的弟弟就是圖爾蓋先生。令尊心愛的人就是住在我家的那位女演員。」

「什麼？」

「那個紅頭髮的女人，古吉菡。其實更早以前她的頭髮是棕色的，總之她就是你已故父親的年輕戀人。」

「真的嗎？不知道他們現在都在做什麼？」

「我們全都分散了，傑姆先生……後來連續兩年夏天，他們還有來搭帳篷為軍人表演，但之後就再也沒回來過。有很多成員生了孩子以後就放棄理想，搬到其他城市去，我也跟他們一樣離開了組織……她兒子是會計師，在替我記帳。不過還有幾個像我這樣的老人留在恩戈蘭，我們很歡迎你來。」

當天我沒有再向他多問關於紅髮女子的事。為了降低衝擊，希勒先生臨時稍加變造，將這段往事的時間提早了六、七年，到我父母還未相識的時候。但我記得我九歲時，父親曾經失蹤兩年。他不在的那段時間，母親似乎徹底地瞧不起他，而且遠比平時更為憤怒。他的失蹤肯定與政治脫不了干係，但另外似乎還有一個更祕密的因素。我是從當時無意中聽見的耳語和母親氣憤的本質推測出來的，她的怒氣似乎比較不是針對國家，而是針對父親在組織裡的朋友。

和希勒先生走出布丁店後，我整個人茫茫然，從昔日的招牌畫匠口中聽到的話加上極力掩飾自己的震驚，都讓我筋疲力盡。我在市區街道上一公里接著一公里地走，像個無父、無子的幽靈。

三十六

那天晚上，我一面看著我們可能想買的土地，一面告訴愛莎我遇見一個人，他跟我說了許多昔日在恩戈蘭的事。與其說是內疚與懊悔，我更覺得遭到背叛與藐視。父親若還在世，會怎麼說呢？倘若知道我們在七、八年間，先後和同一個女人發生關係，他會作何感想？我盡可能不去想這個。我很想向妻子吐露，卻不願她看出得知真相後的我受到多大衝擊。紅髮女子讓我感到害怕。

我有一股惱人的衝動想要知道更多，但也害怕不知會聽到什麼。儘管我盡了最大的努力當一個好人，卻仍受到無窮無盡的悔恨所壓迫。即使沒有做錯事還是深怕受到責備，這種恐懼只會出現在夢裡，我太常體會到了。

「索拉布」的建築企畫書不斷增加，到後來我們已無力自行處理，便讓愛莎的表弟負責買賣房地產。我們甚至開始和姆拉特說一樣的話：「貝伊科茲後面那一大片土地都被我們買下來了，可是你知道嗎？我們好像從來沒去過！」當我們向朋友坦承，雖然「索拉布」在希萊區後面買了「好幾公頃的地」，我們對那裡卻一點概念也沒有，臉上總是像父母親一樣（因為「索拉布」是我們的兒子），洋溢著足以令人忘卻一切煩惱的驕傲神情。他比大多數孩子成長得更快速，表現比同儕優越，經商才能更贏得不少讚賞。

有時我會天真地自問，我的人生目標是什麼？然後就變得沮喪。會不會是因為我們沒有孩子，一旦我走了，這一切無人繼承？我愈是心情低落，便愈會尋求愛莎的陪伴以為慰藉。她直覺到我們之所以能培養出緊密的關係，是因為我需要依靠一個強勢又聰明的女人。她知道我絕不會搞外遇。她不認為我能瞞著她維繫任何一種感情生活、保守祕密或偷偷尋歡作樂。工作的時候，我們如果超過一個小時沒有說話，就會有一人打手機給另一人問：「你在哪裡？」事實上，我們的親密關係孕育出一種自我陶醉的優越感，最後才會導致犯錯，造成「索拉布」損失慘重。

事情發生在二〇一三年初，當時其他建設公司也和我們一樣快速成長，大加利用樓房建築法規的變更，在全國各地的電視與報紙上打廣告，出售公寓。我們禁不住誘惑也隨之跟進，與促成這輝煌成果的其中一家一流廣告商簽了約。

頂尖建商往往會出現在自家的廣告中，為他們建造的房屋品質背書。自從第一批住宅大樓開始出現，這就是常用的策略：令人尊敬的建商本人穿西裝打領帶站在自己的成品旁邊，他看起來顯然不是那種會偷工減料的人，也不會賣給你一棟稍微一地震就崩垮的房子！

廣告商指出，相較於大多數廣告中的那些老人，我們是這麼年輕、先進又現代，如果我們能一起出現在「索拉布」的廣告活動中，立刻就會顯現我們與外省鄉下同行之間的差異。一開始我們對這個想法猶豫不決，但是將「現代」與「索拉布」連結在一起，迷惑了我們，不久我們便現身於自己的廣告當中。

即使還在拍攝之際，我們已經有了疑慮。他們要我們演出一對富裕夫妻做作、炫耀、西化的生活型態——這根本也不是我們過的生活。我們的形象首先出現在報紙與廣告看板上，當電視開始播放之後，名氣大增，也一如我們所擔心的，讓我們在親友面前尷尬無比。「索拉布」在伊斯坦堡三個不同角落（卡瓦契、卡塔勒和恩戈蘭）的住宅開發區，所推出的較高價且尚未完工的公寓，很快便銷售一空，而我們在廣告中的穿著與舉止，也被所有認識我們的人當成笑柄。一些較善意的友人起先也一樣會打趣，但還是試著警告我們：「像這樣曝光真的是明智之舉嗎？」在鄂圖曼帝國，就和在俄國、伊朗或中國一樣，富人因為害怕無情的政府，總會隱藏自己的財富。

於是我們待在家裡、關上電視，靜靜等候這波媒體噩夢平息。我們的兒子索拉布似乎暫時變身成了獄卒。

在此同時，我們開始收到來信，其中包括一些恐嚇信。這類信件一星期頂多只有十來封，我大多都是一收到立刻丟棄。不過有一封我留下了：

傑姆先生：

真希望我能尊敬你，你是我的父親。

索拉布在恩戈蘭已經越線。

身為你的兒子，我想警告你。

寫信到這個郵址給我，我會解釋一切。

別害怕你的兒子。

安維上

信底下有一個電郵地址。我猜想這肯定是恩戈蘭的某個人，想利用威脅與八卦消息勒索我們，像希勒．席亞赫魯一樣。老實說，我很喜歡他稱我為父親所表達的敬意，卻不明白他所謂「越線」是什麼意思。於是我徵詢了奈卡提律師的意見。

「所有人都知道你在三十年前左右，曾經在恩戈蘭當過挖井學徒，當時那裡還只是個又小又偏僻的軍營所在。」他解釋道：「但是那些廣告造成轟動後，原本的街談巷議變成了傳奇。恩戈蘭的民眾看到一個曾經在他們那裡挖井的年輕人，如今成為富有的建商，還和妻子上電視炫耀自己的現代化生活，他們覺得與有榮焉。但是這份自豪也促使他們對自己土地的價值產生不合理的期待，於是在第一輪交涉後，他們的情感轉變成了憎恨。這恨意半是由你電視上的角色激起的，因為螢幕上的你看起來像個勢利的人，甚至有點像不信神的人，但有另一半原因在於他們認為許多年前，你和他們敬愛的瑪穆特師傅之間發生過不愉快。瑪穆特師傅給恩戈蘭帶來了水，堪稱是地方上的聖人，所以你多少得導正這樣的觀感。如果你可以花點時間親自向恩戈蘭民眾解釋，三十年前你花了整個暑假幫助瑪穆特師傅找水，他們就會明白你和他們站在同一邊，那麼索拉布才不會受到更大傷害。」

三十七

但是對於前往恩戈蘭，我仍躊躇不前。或許因為我在伊底帕斯和索拉布的故事中浸淫太多年，心靈裡永遠都是滿滿的預感。

五週後，奈卡提律師要求和我私下一談。

「傑姆先生，有一個人自稱是你的兒子。」

「誰？」

「安維。寫信給你的那個人。」

「真有此人？」

「好像是。他今年二十六歲，他說一九八六年，你在恩戈蘭和他母親發生過關係。」

伊斯坦堡上空布滿低低的烏雲。「索拉布」總公司位於尼尚塔希區華利哥納吉路底的複合式商辦購物中心，最高的三個樓層，此時我們就坐在總公司我的辦公室裡。

「在他宣稱的那個時間，你應該是十六歲。」奈卡提發現我沉默不語，說道：「已經是將近三十年前的事了。在過去，歷經了這麼長時間，在法官那裡根本成不了案。直到最近，在父子關係的主張上才有嚴格的法令限制。一般而言，必須在孩子出生後一年內提出訴訟……但最晚可以在孩子滿十八歲後的一年內提出……而這個孩子滿十八歲已經八年了。」

「萬一他說的是事實呢？」

「我們調查過，母親懷上這個孩子的時候與一名演員有婚姻關係。為了保護家庭制度並維護父親的威嚴與名譽，土耳其法律規定已婚婦女生下的孩子，必須登記為丈夫的兒子，不管其他人有什麼主張都一樣。怎麼可能不這樣做呢？你想想，如果有個女人說：『我和另一個男人上床了，這個孩子是他的兒子，不是我丈夫的。』會有什麼後果？就算她丈夫和夫家的人沒有殺死她，她也會因為通姦罪入獄。」

「可是法律變了嗎？」

「是醫學變了，傑姆先生。在以前，如果法官格外慎重其事，會把父子兩個當事人拖到法庭上，讓他們並肩而立，看看有無相似處。『你認識這個孩子的母親嗎？』他會這麼問年長者。『有任何照片或證人嗎？』他會這麼問年輕原告。但如今要確認父子關係只需一、兩滴血做DNA鑑定。從前，這有可能被視為動搖社會根基的行為。」

「一個孩子想找出自己的親生父親，對社會有什麼損害呢？」

「傑姆先生，我有一些律師朋友處理過類似案件，你聽了一定不敢置信。有些男人想和家境較貧窮的女孩發生關係，萬一女方懷孕了，他們就利用自己較熟悉法律的優勢哄騙女孩，答應『隔年』會娶她，最後卻把她嫁給某個手下，就像舊日的鄂圖曼將軍一樣……我還聽說過有案例是一整個大家族同住在一個屋簷下，還有姪子引誘叔叔的年輕妻子，或是鄉下來訪的親戚搞大了鄰居妻子，或是他兄弟的妻子或甚至是他自己姊妹的肚子……這一切都會被掩蓋，以便保全面子、避免不必要的流血事件，也免除對家庭制度的傷害。可是一般人不會輕易忘記這種事……所以傑姆先生，一九八六年，十六歲的你真的和這個年輕人的母親古吉菡女士發生過關係嗎？」

「只有一次。」我說：「很難相信竟然這樣就有了孩子。」

「他們找的律師態度很強硬，一步也不肯退讓。他是個非常盡心盡力的年輕律師。他自己小時候也以為父親另有其人，所以除非相信當事人說的是真話，否則絕不會接這種案子。」

「怎麼能有人確定誰說的是真話呢？」我說：「古吉菡女士還在世嗎？」

「是的。」

「我十六歲的時候，她是紅頭髮。」

「她現在也還是，事實上她也還相當美麗。她的婚姻生活並不美滿，不過她對戲劇充滿活力與熱情。她丈夫圖爾蓋在與她離異後就去世了。可見得她提出這場訴訟不是為了羞辱丈夫，而是想為生活艱辛的兒子獲取某種收入。她想必聽說過DNA鑑定以及舊法令遭廢除的事……」

「那個孩子呢？他都在做些什麼？」

「這個自稱是你兒子的安維，在某所藉藉無名的大學拿到了會計學位。他還是單身，在恩戈蘭開了一間小小的會計師工作室……他也加入了民族主義的青年組織，痛恨庫德人和左派份子。他對他的父親和人生非常不滿。」

「你說『他的父親』，指的是圖爾蓋嗎？」

「是的。」

「奈卡提，換作是你，你會怎麼做？」

「三十年前發生了什麼事，你比我清楚得多，傑姆先生，所以我無法設身處地去想。不過既然你確實記得與這位女士在一起過，我會建議你安排做血液鑑定……我會在第一次開庭就提出要求，不必浪費時間。我也會請求法官下禁聲令，以免媒體聽到消息，把你變成八卦新聞題材。」

「我們暫時別告訴愛莎。她要是知道了會很錯愕。你先見見這個安維，怎麼樣？說不定可以在庭外找到圓滿解決的方法。」

「律師說他的當事人不想見你。」

沒想到這句話竟讓我如此痛心，也讓我察覺自己內心深處很希望多了解一點這個「兒子」。

我們長得像嗎？他走路的樣子像我嗎？我們如果見面，我會有什麼感覺？他真的和一群半法西斯主義的右派份子同氣連聲嗎？他為何定居恩戈蘭？紅髮女子對這一切有何感想？

三十八

兩個月後，我在查帕的大學醫院做了血液鑑定。奈卡提事先得知了結果，在法官當庭宣讀之前打電話告訴我。第二個星期，法官判定安維必須正式登記為我的兒子。這過程中的每個階段，從最初的訴訟程序到血液鑑定、法官判決，再到最後前往戶政事務所，我都暗暗期望能在某條走廊上巧遇兒子。第一次碰面，我們會有什麼反應呢？

依據我們奈卡提的說法，兒子不肯見我是好現象。無論幾歲，只要面臨這種處境的兒子都難免感到痛苦。一旦真正的親子關係正式登記後，他們和母親就有權利因為多年的貧困生活，向父親求償。但至今他母子二人都沒有這麼做，我們應該鬆一口氣。也許他們根本無意再多要求什麼。可是當律師看見我聽了他的話以後完全鬆懈下來，便又警告我不能毫無防備，因為說到底，打親子官司向來都是為了錢。有史以來，從來沒有一個兒子上法庭宣稱他父親是那個沒錢的無名小卒，而不是這個赫赫有名、家財萬貫的紳士。考慮到「索拉布」的投資，奈卡提再次提醒，在恩戈蘭辦公司說明會的事最好不要再拖了。

我必須先向愛莎透露這個消息，因此某天晚上我開口說：「有件事我得告訴妳，而且是重要的事，我們最好坐下來好好談。」

「什麼事？」愛莎已作好最壞的心理準備。我知道這不是我能不去面對並隱瞞所有人的祕密，這和我將瑪穆特師傅埋藏在井底那麼多年不一樣。

「我有個兒子。」吃晚餐時，我喝下兩杯茴香酒後突然脫口而出。我把事情經過一五一十地告訴她。當重擔迅速地從我肩上卸下，也同樣迅速地落到愛莎肩上。

「我想你要對那個孩子負責。」愛莎沉默許久之後說：「這真是令人痛苦的消息。你想見他嗎？」

面對我的沉默，妻子開始提出其他問題：我想再見紅髮女子一面嗎？我想照顧兒子嗎？我是否也期望愛莎這麼做？是不是因為這個緣故，我們才會一輩子都在深入研究《伊底帕斯王》以及羅斯坦與索拉布的故事的各種版本與詮釋？

那天晚上，我們倆都喝得爛醉，而且很快就忍不住想到關鍵重點：由於我們沒有其他孩子，土耳其法律又不承認遺囑，因此在我死後，這個兒子自動就能繼承「索拉布」的三分之二資產。假如愛莎比我先走（絕對有可能，因為她小我沒幾歲），那麼等我死後，這個我們連面都沒見過的孩子將接收整個「索拉布」。

「昨天晚上我夢見你兒子被人給殺了。」第二天早上愛莎說道。

另一天晚上，我們在討論繼承法、代理人和信託基金時，她又更進一步說：「真不敢相信我會說這種話，但有時候我真的很想殺了他。你想想看，要是那個雜種的名字叫索拉布，那有多諷刺。」

「別用那個字眼，」我對妻子說：「這不是孩子的錯。再說，現在已經知道他的親生父親是誰了。」

見我袒護孩子，妻子覺得受傷，隨即默不作聲。她試圖要我承認我瞞著她偷偷和兒子見面。「他根本不想見我。」為了讓她安心，我說道：「我想他可能有點怕生。」

「那你呢？你想見他嗎？你會好奇他長什麼樣子嗎？」

「不會。」我撒謊。我已經暗暗決定不能跟妻子說實話，說我已經開始忍不住、難以自拔地同情起兒子來了。

過了三個月，姆拉特為了一個提案從雅典打電話給我。他想起多年前同遊德黑蘭時，我玩得很盡興，便提議我去大不列顛飯店找他，在二次大戰後席捲希臘的內戰期間，英國就在這間飯店成立軍事總部。兩天後我們在雅典會面，他呼吸急促地宣布說希臘很快就要破產。當我們坐在華麗的飯店大廳裡，姆拉特告訴我雅典的房地產價格已經跌了一半，現在在我們四周晃來晃去的都是趕來撿便宜的外國商人，多半是德國人。他有幾張彩色照片，都是市中心正在出售的大樓。

接下來兩天，我跟著姆拉特和他在雅典的仲介到處去看房地產。有一天下午，我雇了一輛計程車載我們到一個小時車程外的底比斯。在這裡我們也看到廢棄的鐵道、爬滿藤蔓與蜘蛛的舊車廂、空蕩的工廠與倉庫。伊底帕斯王之城矗立在陡峭山坡上，一如安格爾與莫羅的畫。喝咖啡時，姆拉特坦白跟我說他缺現金，提議要將他在恩戈蘭買的地賣給我。

我們在伊斯坦堡的幾位律師心思動得比我快，也比我細膩，他們確認我們可以放手去買，並指出姆拉特的出價合理。這樁買賣應該能讓「索拉布」獲得可觀的利潤，但在我們繼續進行之前，已經過了我們安排與鄰區居民會面的時間，當初說要辦這個見面會是為了提醒當地居民我也在恩戈蘭生活過，讓他們對「索拉布」的意向放心，並且證明我也很珍惜對瑪穆特師傅的回憶。

我瞞著愛莎授權奈卡提去調查一下，如果宣布在恩戈蘭辦這樣的集會，古吉菡與安維會有何反應，必要的話可以雇用私家偵探進行。

兩週後，律師回覆了。紅髮女子與兒子原本形影不離，打完親子官司後卻逐漸疏遠。當奈卡提向紅頭髮的古吉菡女士打探時，她起先說不會參加集會，後來雖然以不「告訴任何人」為條件，短暫動搖過，最後還是又改變心意，決定不參加。她住在伊斯坦堡的巴可克伊鄰區，丈夫圖爾蓋留下的公寓，靠著替外國電視影集配音的微薄收入維生。

據奈卡提說，我兒子安維也不會參加集會，半出於對我們廣告活動的厭惡，半是為了避免讓任何人發現我是他父親。兒子的會計能力頂多只是中等程度，但是當地店家信任他，記帳與報稅都會交給他處理。有人認為他還沒結婚是因為太黏母親，也有人歸咎於他的脾氣。他和一群與他母親同樣愛好戲劇的男女來往密切，也寫過詩，發表於《新月》與《春天》等保守派雜誌。奈卡提找到了幾本雜誌，我在家裡避開愛莎偷偷閱讀時，不由得好奇父親若是知道自己的孫子在為宗教雜誌寫詩，會作何感想。

我指示「索拉布」的行銷部門在恩戈蘭籌辦集會，並告訴愛莎我不會參加。想到要回恩戈蘭，我還是膽怯，而且妻子根本不希望我們辦什麼說明會，我也不想惹她心煩。

我原本預定在說明會當天前往安卡拉，但那個星期六近午時分，我在前往辦公室的途中，決定取消這個計畫。籌辦團隊正準備出發前往恩戈蘭，他們的滿心期盼感染了我。我請奈卡提別告訴愛莎說我終究還是要去和他們會合。我對員工說我想搭火車去，這是我在內心計畫了三十年的事。離開辦公室時，我隨手抓起我的克勒克卡萊手槍，以及政府發給提出申請的石油大王與營建大亨的槍枝執照。兩星期前，我在「索拉布」的一處空曠建地，把幾只瓶子擺在水泥袋上排成一排，試射了手槍。我當然是擔心會產生紛爭。

三十九

往恩戈蘭的火車顫顫巍巍地沿著舊城牆與馬爾馬拉海行駛，經過古老歪斜的建築物和新建的公園、鋼筋混凝土飯店、餐廳、船隻與車輛，我也愈來愈覺得反胃。奈卡提送我上車時要我放心，說安維不會出席，說他今天根本不在恩戈蘭，但我還是忍不住覺得兒子也許會來見他父親。經過了三十年，面對我對瑪穆特師傅犯下的罪行的恐懼，已轉化成與兒子相逢的緊張興奮。當火車慢慢駛進恩戈蘭，我認不出我們的高原，因為上面蓋了無數混凝土大樓，但我清楚地感覺到這裡有個我非見不可的人。

我走出車站那一刻，就知道舊恩戈蘭已經不在了：以前我盯著尋找紅髮女子住家窗口的那棟樓房已經拆除，改建成一個熙來攘往的購物中心，占滿整個廣場，吸引許多渴望吃漢堡、喝啤酒和汽水的年輕人。廣場周邊建物的一樓開了銀行、烤肉攤和三明治店。回溯記憶中出現得無比頻繁的腳步，我不由自主地從車站廣場起步走向昔日魯米利亞咖啡屋所在，特別是我們的桌位在人行道上的位置，但已經沒有絲毫跡象能讓我想起我們在這裡喝過那麼多茶。所有當初住在這裡的人，所有他們住過的家都已經消失，取而代之的是新建物與住在裡面的新人——吵鬧、快活、好奇，渴望在週六午後找點樂子的人。

走過餐車巷時，我赫然發覺即便是週末也見不到一個軍人，或是任何監督軍人的憲兵。五金行、鐵匠鋪，還有瑪穆特師傅每晚去買香菸的雜貨店，都已不在舊址上，但有時候我也不確定自己找的地點對不對，因為以前做為參考的那些擁有私人庭院的低矮老屋，都變成了一棟棟難以區別的公寓大樓。

我很確定這趟回恩戈蘭無須如此擔憂。我以前認識的那座小鎮如今只是一個普通的伊斯坦堡鄰區，與其他鄰區一樣混凝土建築林立。然而，我終究還是找到了幾個以前住在這裡的人。我與當時的學徒友伴阿里重聚，他帶著友善的笑容招呼我。我去拜訪希勒·席亞赫魯與他身材同樣圓滾滾的妻子，在他家喝了杯茶，隨後很快便與奈卡提及「索拉布」的其他主管會合。他們介紹我認識一位蛋糕店老闆，據說他是瑪穆特師傅的親戚，我們應旁觀群眾要求與對方握手，兩人都十分尷尬。爬上瑪穆特師傅安息的墓園所在的山坡時，我更加斷定除了那些與當地房地產市場有關的人之外，在恩戈蘭已經沒有人知道我是誰，所以沒什麼好怕的。

山坡頂上，「我們的高原」也從三十年前的空地，變成一座水泥迷宮，充斥著六到七層樓的公寓建築、倉庫、工坊、加油站，以及形形色色的路邊小吃、烤肉攤與超市。有了這些建築物，以前我們穿越田野，抄捷徑避開的路彎，已然無法辨識，自然也難找到我們挖井的地點。

「索拉布」的行銷團隊十分用心，帶著我走過幾條小巷弄，來到他們為了公司的說明會與會後餐宴租用的喜宴廳。從廳內寬敞的窗戶望出去，我試著揣測腳下站立處可能會是我們的高原的哪個部分，又該往哪邊才能看見軍營與當時框住視野的藍色遠山。我們的井肯定是在那個方向，大約半公里外。現在我最想做的就是忘卻一切，走向那裡。

很快就會有一條四線道柏油路從我們的井這個方向，而不是從車站那邊通過舊城區，連接恩戈蘭與通往新機場和通往博斯普魯斯橋的高速公路。因此，我們的高原上的土地與房屋價格也跟著水漲船高。參與說明會的大多不是恩戈蘭當地人，而是新致富的有車一族，打算在這個快速開發的地區買棟房子。我太過坐立不安，幾乎無法分辨真正吸引這些未來買家的是「索拉布」團隊帶來的三夾板模型、是較高樓層所提供令人目眩神迷的景觀，還是我們規畫的大型游泳池和兒童遊戲場。公司團隊還請來了幾對夫妻作見證，分享他們在「索拉布」位於貝伊科茲與卡塔勒的新社區公寓，過著多麼幸福的日子。他們談到所謂的索拉布生活型態，激起了坐在後面的一些人好奇，這些人看起來遊手好閒，好像除了認真尋找交易機會之外無事可做。聽完幾個語帶譏諷的問題後，我斷定後面那群人別有居心，也許是故意設法讓我難堪，甚至於羞辱我，藉此破壞我們售屋的努力。

雖然公司並未對外宣布，恩戈蘭的老人們卻都預期我會出席。我發表了一段簡短談話，提到三十年前我是如何來到伊斯坦堡這個迷人的角落，與師傅合力挖井。我向瑪穆特師傅致上敬意，由於他成功找到水，為這塊塵土飛揚的土地帶來生機，也才使得新的居民與企業湧入，在此安頓。我們未來的建設，也就是今天所展示的模型，其實就是自然地延續三十年前邁向文明的第一步。

後面那群人連番質問砲轟，毫不掩飾輕蔑的態度，我心想他們應該沒有惡意，主要只是鬧著好玩。那一大群約莫有上百人，我伸長了脖子掃視一圈，若真有危險，比較可能來自沉默的那些人。

和在我之前發言的人一樣，我都還來不及問：有什麼問題嗎？問題就連發而至。有個關於付款計畫的問題，我讓企畫經理回答。接著有另一對夫婦提問說如果今天買了，什麼時候能拿到公寓鑰匙，同樣由企畫經理回答時，我看向大廳中央，忽然瞥見一名熟齡婦人高舉著手，立刻感覺到心跳加速。

不知為何，雖然一眼就認出來，卻隔了一會兒才真正意識到：從頭髮的顏色看來，這位坐在正中央的女士顯然就是紅髮女子。她在周遭一片鬧哄哄之中繼續舉著手，這時我們四目相交，她和善地微微一笑，我於是請她發言。

「恭喜你，索拉布經營得有聲有色，傑姆先生。」她說：「希望在這些建築當中，你能考慮放進一間劇場。」

坐在她身旁的一些人禮貌地拍拍手。我沒有發現有誰對我們的交談異常感興趣，或是對她的話多加聯想。

問題問完之後，人群漸漸散開來，當他們上前檢視模型，我終於在三十年後第一次與紅髮女子面對面。

她沒有受到歲月摧殘，只是更深化她臉上謎樣的美麗表情、她嘴鼻的形狀，與豐滿圓唇的清晰輪廓。她看起來既不感到厭煩也不帶敵意，反而顯得輕鬆開朗。也許這是她希望顯露的模樣。

「看到我你一定很驚訝吧，傑姆先生。我現在正在幫我兒子的幾個朋友，在這裡設立一個青年劇場……希望你能見見他們。一直沒聽說你會來，但我知道你今天會出現在這裡。」

「安維在這裡嗎？」

「沒有。」

她提到的那些年輕人成群站在一旁，與其他人隔開來。奈卡提低調地帶我和紅髮女子到一個較隱密的角落，並叫人送茶過來，然後留下我們獨處。

「有好多年我都不確定，我們的兒子安維的父親到底是你還是圖爾蓋……我並沒有想太多。倒是一直很好奇……但就算上法院，我也無法證明什麼，只會讓所有人都不好過，也讓你和我丟臉。我相信你知道我絕對不希望發生這種事。」

從她嘴裡吐出的字字句句都讓我心蕩神馳，但我同時也留意著還在廳裡轉來轉去的人，以免忽然有人對我們倆太感興趣。我對她說的每句話都感到詫異。她現在竟然坐在我面前，簡直不可思議，她的纖纖玉手依然在半空中靈活揮動，她仍然一身天藍色打扮，和三十年前我們一起走過車站廣場時穿的那件裙子一樣顏色，她的臉龐與指甲光滑得令人驚嘆。

「當然了，他們兩人從來都沒有察覺到我對孩子父親是誰的懷疑。」她繼續說道：「圖爾蓋常常對我們很粗暴，可能是因為我之前嫁給他哥哥。我們離婚後不久，他就去世了，要向安維解釋說他的親生父親可能另有其人，是一個非常成功又有才華的人，還要說服他打官司，其實很不容易。雖然他最後照做了，卻是經過一番苦戰。我們的兒子還沒能闖出什麼名堂，但他是個有傲氣、感性又有創意的孩子。他在寫詩。」

「我從奈卡提律師那裡聽說了。我知道他發表過幾首，我甚至找到了他發表的雜誌。那些詩寫得很好。但我不確定我對他還有他發表詩作那些雜誌的政治觀點，該作何感想。很可惜，雜誌裡面沒有這個年輕詩人的照片。」

「啊，說得也是！我得寄一張我們兒子的照片給你。」紅髮女子說：「不過我不擔心他的政治思想。今天是宗教雜誌，明天可能就會寫軍隊與國旗的頌詩……他很固執，他知道自己的想法，但那都只是逞強。他需要的是一個實質的父親角色來引導他。」這時有一些人朝我們走來。她又說：「安維必須去認識、去愛他的父親。我叫他今天過來，但他不肯。今天我是來教這些年輕人戲劇的課程，我們會在星期日相約到伊斯坦堡看戲。他們當中有幾個是安維的朋友。」

愈來愈多人向我們走來，紅髮女子於是擺出較正經的神態，像個潛在買家般一絲不苟地詢問公寓特色，然後繼續優雅地啜飲她的茶。我起身在群眾間穿梭片刻後才找到奈卡提。我讓他去邀請紅髮女子和她那群年輕的戲劇迷，來參加當天的晚宴。

「事情很順利，」他鬆了口氣，異常興奮地說：「以後索拉布在恩戈蘭應該不會有太多麻煩了。」

「我可沒這麼有把握，」我說：「現在這裡不是恩戈蘭，而是伊斯坦堡。」

四十

集會過後在喜宴廳供應餐點與飲料，是行銷部門的點子。負責供餐的解放餐廳還在餐車巷內營業。我見到上了年紀的餐廳老闆，他是薩姆松人，當我們回憶往事時，我想起了三十年前某天晚上，我曾在餐廳裡與紅髮女子同桌。我決定避開她與那群年輕演員，一用完餐便打道回伊斯坦堡。回家前，我只想去看看當初和瑪穆特師傅鑿的井。

「這簡單。」奈卡提說。不料他不是找當地人（例如我的學徒友伴阿里）來帶路，而是請了紅髮女子和她的一位年輕友人過來，我不禁擔憂起來。

「賽哈特是我的年輕演員中最優秀，也最成熟的一個。」紅髮女子說：「他的夢想是有一天能在恩戈蘭演出索福克勒斯的劇作。」

「你怎麼知道井在哪裡？」我問賽哈特先生。

「一湧出水以後，那口井就出名了。」賽哈特先生說：「我們小時候常常聽瑪穆特師傅說那口井的故事，還有一些古老童話。」

「你還記得有哪些童話嗎？」

「大部分我都記得。」

「和我一起坐吧，賽哈特先生。」我說：「待會兒也許我們可以很快地離席一下，請你帶我去看看井。」

「沒問題……」

我面前有一杯茴香酒、一些新鮮起司、少許冷盤開胃菜，而紅髮女子就坐在另一邊，和三十年前那天晚上一樣。這段期間，我已經學會和父親一樣愛喝茴香酒。我替我的年輕同伴重新斟了酒，並一口乾了自己的酒杯，兩眼左顧右盼，就是不看紅髮女子和她提攜的那群後輩。

我問彬彬有禮又愛好茴香酒的賽哈特先生，小時候聽瑪穆特師傅說的故事當中，哪一個最讓他印象深刻？

「我記得最清楚的故事是一個名叫羅斯坦的武士，誤殺了自己的兒子……」這個感性的年輕人說。

瑪穆特師傅從哪聽來這個故事的？雖然他在我之前就去黃色劇場帳篷看過戲，但從那片段的表演恐怕很難拼湊出情節全貌。想必是紅髮女子向他作了解釋，也或許他小時候聽過。

「為什麼羅斯坦的故事讓你難忘？你覺得害怕嗎？」

「瑪穆特師傅又不是我父親，我為什麼會害怕？」賽哈特先生說得理所當然。

「三十年前的某個夏天，他就像是我父親一樣……」我說：「我的親生父親拋棄了我們。所以我在挖那口井的時候，可以說從瑪穆特師傅身上找到一個新的父親。你和父親的關係如何？」

「很疏遠。」賽哈特垂下雙眼說道。

他是否希望回去與紅髮女子和其他演員友人同坐？關於這個沉默寡言的年輕人的私

生活，我是不是問得太多？其他賓客都受到酒精催化，大廳裡回響著源源不絕、嘈嘈切切的話語聲，有如瀰漫著茴香酒氣的同鄉會或是擠滿足球流氓的運動酒吧。

「你是怎麼認識瑪穆特師傅的？」

「他常常把鄰近的小孩叫過去坐成一圈，講故事給我們聽。我只是有一天剛好上他家去。我看到他的肩膀，嚇壞了。」

「看完井以後，你可以帶我去瑪穆特師傅家嗎？」

「當然可以……他搬過幾次家，有些他住過的地方已經拆掉了。你想看哪一間？」

「我以前很怕聽瑪穆特師傅講故事……」我說：「那些故事到頭來都會成真……」

「你說成真是什麼意思？」他問道。

「他故事裡說的事情在我的生活中真實發生了。而且我也害怕瑪穆特師傅的井，我害怕到有一天就直接丟下他逃跑了。這件事你知道嗎？」

「知道。」他別過頭去。

「你怎麼會知道？」

「古吉菡女士的兒子安維告訴我的。他在這個鎮上當會計師。瑪穆特師傅可以說就像他的父親，他們以前關係很親密。」

他的表情絲毫看不出惡意或口是心非，看來他並不知道真相。我於是不再作聲。黑夜中有茴香酒與香菸味，我感覺到它緊緊攫住我的內心深處。

「這個安維今晚在這裡嗎？」我終究還是問了。

「什麼？」賽哈特說。他似乎被我的問題嚇著了，好像我說了厚顏無恥或荒謬的話。那天，無論是在說明會上或是在晚宴的賓客中，我都沒有看到任何一個人能讓我驕傲地喊他兒子。

「安維不在這裡，」賽哈特說：「他跟你說他會來嗎？」

我沒說話，但他感覺到了我的焦躁。

「他絕不會來這裡的！」他說。

「為什麼？」

這回換賽哈特不吭聲了。

四十一

為何兒子不肯現身，我困惑不解。也許是不認同自己的父親吧，這個念頭令我憤慨。但我承認自己可能氣得毫無道理，因此儘管知道最好在可能惹出麻煩以前，馬上離開恩戈蘭，我卻無論如何還是想見見他。「時間不早了，賽哈特先生，我們現在就去看井好嗎？」我說。

「好啊。」

「你先到坡底等我，我五分鐘後就來，這樣才不會太引人注意。」

他嚥下最後一口食物後便匆匆離去。紅髮女子從桌子另一邊打量著我。我又啜飲了幾口茴香酒、再吃一口白起司才離開，前往黑色山坡底下與賽哈特會合。

我們默默地緩步走過陰影、黑暗與昔日的回音。我無法推斷出山坡與我們的高原的相對地理位置，或是水井的方位，但我沒有怪罪於到處冒出來的水泥高樓、牆壁與倉庫，反而認為是茴香酒蒙蔽了心神。而假如我的心神遭受蒙蔽，肯定是因為兒子不願見我。

我們沿著一道淺色的牆走，經過一間倉庫與一座灰色庭院，散布在院子裡的樹木在霓虹燈下閃著粉紅亮光。我們經過一間晚上已打烊的理髮廳，我從陰暗的窗戶上看見我自己與年輕嚮導的倒影，發現我們一樣高。

「你和安維認識多久了？」我問年輕的演員賽哈特。

「從我有記憶以來就認識了。我一直住在恩戈蘭。」

「他是什麼樣的人？」

「你為什麼問這個？」

「以前我認識他父親圖爾蓋。」我說：「三十年前，他在這裡住過一陣子。」

「安維的問題不在他父親，而在於他沒有父親。」聰明的賽哈特說：「他是個充滿憤怒又內向的人，是個個性很奇特的人。」

「我也一直沒有真正的父親，但我既不憤怒也不內向。事實上，我跟其他人沒有太大不同。」我受到茴香酒的啟發，這麼說道。

「你當然不同了，你很有錢。」頭腦靈活的賽哈特說：「也許這正是安維的煩惱。」

我沉默了一會兒。這個傲慢的年輕人這麼說到底是什麼意思？是說安維因為貧窮而痛苦？還是說他不認同那些生活中只在乎錢的人，所以今天才不來參加集會？

想到有可能是後者，我內心痛苦不已，不久我發覺坡度逐漸趨緩，心裡明白想必就快到我們的井了。我看見空地和人行道的裂縫中，長出和三十年前一樣的雜草與蕁麻。我短暫地想像一下與那隻脖子皺巴巴的烏龜重逢，並像往日一樣大膽冥想人生與時間的本質。**我們又見面了，都經過三十年了！**烏龜會這麼說，**你浪費了整個人生，我卻只是一眨眼功夫。**

紅髮女子有沒有告訴我們的兒子安維，說他祖父是個浪漫的理想主義者，曾經因為政治罪名坐牢？想到兒子可能認為我與他祖父不同，是個膚淺又道德敗壞的人，我就恨不得有地洞可鑽。這個傲慢自大的賽哈特竟讓我陷入這樣的心境，正當我愈來愈感到氣憤，忽然看見一段熟悉的路，不禁驚呼：「就是這裡，這就是到我們的井之前最後一個轉彎。」

「真的嗎?那也太巧了。有一段時間,瑪穆特師傅就住在那邊。」目光敏銳的賽哈特說。

「哪裡?」

我看著他的手的模糊輪廓指向黑暗中一群隱隱約約的倉庫、工廠與公寓大樓。我看見了以前總會在樹下睡午覺的那棵胡桃樹,樹長高了,但現在被圍在一間工廠的圍牆內。我看見附近一間老屋的窗子透出黯淡燈光。

「他們在這裡待過一段時間。」賽哈特說:「安維和他母親古吉菡常常在宗教節日時來問候他。我就是在瑪穆特師傅的院子遇見安維的。」

賽哈特再次提到安維本該令人生疑,但我太專注於端詳這塊地上堆疊的水泥屋牆了,也不過三十年前,這裡還是光禿禿的空曠一片呢;我也太專注去留意現在住在這裡的許許多多人與動物(譬如那隻土棕色野狗大步跑上前來嗅嗅聞聞,讓人感受到威脅)。在那一刻我的當務之急就是盡快吸收消化這個新的現實。我是否能夠找到哪怕只是一塊磚或一扇窗,或甚至是聞到一絲熟悉的氣味,來喚醒往日的回憶呢?

「瑪穆特師傅就是在這棟房子，第一次告訴我們那個《可蘭經》的故事，說有個王子把父親丟在井底，讓他自生自滅。」咄咄逼人的賽哈特說。

「《可蘭經》裡沒有這種故事，《君王之書》裡面也沒有。」我說。

「你怎麼知道？」賽哈特說：「你信教嗎？你讀過《可蘭經》嗎？」

我站在那裡，對他的挑釁態度默然以對，心裡認定他是受到我兒子安維的影響。我覺得心碎，不得不承認來這裡不是好主意。「我很喜歡瑪穆特師傅。我在這裡的那個夏天，他就像我父親一樣。」我說。

「你願意的話，我可以告訴你安維住在哪裡。」我的嚮導說。

「不遠嗎？」

我隨著賽哈特進入一條僻靜小巷，我們走過了大門前沒有亮燈的公寓大樓、胡亂停放在道路兩旁的廂型車和迷你巴士、一間急救診所兼藥局、一間修車廠，以及一些倉庫和臉色陰沉、抽菸抽個不停的守衛。我不禁納悶我們的高原上怎麼能擠進這麼多東西。

「安維住在這裡。」賽哈特說：「三樓，左邊的窗戶。」

望。

我的心跳節奏突然變得淺促、怪異。我知道我永遠無法忽視自己想要認識兒子的渴望。

「安維先生的燈亮著。」我因酒醉失控說道：「我們去按他的門鈴好嗎？」

「燈亮著不見得就表示他在家。」心思敏捷的賽哈特說：「安維選擇獨居。晚上出門的時候他不會關燈，好讓小偷和敵人以為有人在家，而他回家的時候，也會忘記自己有多孤單。」

「你好像很了解這個朋友。安維肯定不會介意你不請自來。」

「誰也不知道安維會做什麼。」

他的意思是說我兒子什麼都不怕嗎？我應該以此為傲嗎？我走向門口。「不過他母親那麼愛他，又有一個像你這麼可靠的朋友，他怎麼會孤單呢？」我說。

「他跟誰都不親近……」

「是因為他成長過程中沒有父親陪伴嗎？」

「也許吧，但我要是你，我不會貿然去按門鈴……」我兒子謹慎的友人說。可是我不理會他的警告，我的目光由上往下掃過門鈴上列出的名字和號碼，每個字跡的大小與風格各有不同。當我看到以下的標籤：

6：安維・葉尼爾
（接案會計師）

立刻像被下咒一樣動彈不得。

我按了門鈴三次。

「就算半夜有不速之客造訪，安維也總會開門。」賽哈特說：「所以他要是在家就會讓你進去了。」

但門始終沒開。我開始相信兒子其實在家，只是純粹出於頑固而不肯替我開門，儘管我大老遠地來看他。他以及賽哈特的暗諷讓我愈來愈感到挫折。

「你為什麼這麼想見安維？」冒昧得惱人的賽哈特問道。說不定他還是風聞了這個謠言。

「帶我去看井吧，我還得早點回家。」我說道，心裡暗忖反正可以改天再偷偷回來看兒子。

「當父親在你成長的過程中缺席，你會覺得宇宙沒有中心、沒有盡頭，你也會覺得想做什麼都可以……」賽哈特說：「可是到頭來你會發現你不知道自己想要什麼，然後你會開始尋找生命中的某種意義、某個焦點，也就是一個會對你說『不可以』的人。」

我沒有答腔。我感覺到我們離井愈來愈近，我一生的追求也逐漸接近尾聲。

四十二

「你的井就在那裡面。」賽哈特凝視著我的臉說，此時我們站在一間廢棄工廠生鏽的大門前。

「海利先生死後，他兒子把所有染、洗和縫紉業務都外包到孟加拉，這裡就全面停產了。過去五年，這個地方都用做儲藏倉庫，但最後他們打算找一個像你這樣的人來把廠房拆掉，改建高樓。」

「我不是來查看新建地，我是來尋找回憶。」我說。

賽哈特往警衛室走去，我看見空空的牆上有一面壓克力招牌，上面寫著「勤奮紡織有限公司」。我四下環顧，試圖回想此處三十年前的模樣。唯一看得出這裡確實是海利先生的土地的跡象，就是工廠圍牆長得彷彿沒有盡頭，還有那種遠比平時更接近天空的感覺——當年十六歲的我第一次有這種感覺。

我聽到狗的狂吠聲。賽哈特回來了。

「沒有人在，不過我認識這個守衛。」他說：「他把狗拴著，應該很快就會回來。」

「時間很晚了。」

「我記得沒錯的話，再過去那邊的圍牆有一個比較低的地方。我過去看看。」賽哈特說完便消失在夜色中。

圍牆裡面不是完全漆黑，雖然狗狂吠個不停，但是對面低矮屋頂與金屬桿反射的霓虹燈，讓我感到安心，於是我決定很快地看一眼水井之後馬上回來。這個時候，賽哈特似乎不見了蹤影。我正漸漸對這個年輕嚮導失去耐性時，口袋裡的電話響了。是愛莎。

「他們跟我說你在恩戈蘭。」她說。

「對。」

「你騙我啊，傑姆。而且你犯了大錯。」

「沒什麼可怕的。一切都很順利。」

「可怕的事多著呢。你現在人在哪裡？」

「我的嚮導帶我來看我和瑪穆特師傅挖的井。」

「他是誰？」

「一個恩戈蘭當地的年輕人。有點傲慢，不過他幫了很大的忙。」

「是誰介紹給你的？」

「紅髮女子。」我回答，頃刻間我的思緒在茴香酒的迷霧中變得清明。

「現在有人跟你在一起嗎？」愛莎幾乎像是對著電話說悄悄話。

「妳是說紅髮女子嗎？」

「不是，我是說她介紹給你的那個人。他現在在那裡嗎？」

「沒有，他去找可以進圍牆內的路。他要偷偷帶我進空的工廠。」

「傑姆……你聽我說……你馬上回來！」

「為什麼？」

「離開那個孩子，而且要確定他沒有跟著你。」

「你到底在擔心什麼？」話雖如此，我從電話中感受到的恐懼卻也開始感染了我。

「我們這些年讀到的故事，你全忘得一乾二淨了嗎？」愛莎說：「當然了，你是去恩戈蘭找兒子，所以你才不想讓我跟。你這個嚮導，是誰介紹的？是紅髮女子啊！你現在明白他是誰了嗎？」

「誰？賽哈特嗎？」

「他很可能是你兒子，安維！你必須離開，傑姆。」

「冷靜點。這裡的人沒問題。幾乎沒人提起瑪穆特師傅。」

「你現在要聽仔細了。」愛莎說：「萬一他們以政治口角為藉口找人刺殺你怎麼辦？萬一他們找人射殺你，然後說是酒醉爭吵怎麼辦？」

「那我就死定了。」我輕聲笑了笑說。

「結果索拉布就會落入紅髮女子和她兒子手裡了。」愛莎說：「這些人為了這個，殺人可不會手軟。」

「妳是說今天晚上會有人因為覬覦我的財產殺死我？」我問道：「沒有人知道我今天要來，連我自己都不知道。」

「那個年輕人在你身邊嗎？」

「我說過了，沒有！」

「求求你，趕快到一個他找不到你的地方去。」

我照妻子的話做，躲到道路對面一間商店的陰暗門廊上。

「你聽著，」愛莎說：「如果我們一直以來對伊底帕斯和他父親、對羅斯坦和索拉布的想法，全都是真的……然後如果那個年輕人是你兒子，他就會殺死你！他是叛逆的西方個人主義者的典型範例……」

「你放心，如果他有什麼企圖，我就會當一個有權威的亞洲父親，像羅斯坦一樣，親手殺死這個小子。」我用輕鬆開朗的口氣說。

「你絕對不能做這種事。」愛莎把酒醉丈夫的話當真了。「你待在原地別動，我去開車，我馬上過去。」

在幽暗、滯悶的恩戈蘭夜晚，古書、傳說、畫作與文明看似遙不可及，我不明白妻子為何如此焦慮。不過我還是待在原地，由於聽不到嚮導賽哈特的任何動靜，我也開始擔心起來。他真的會是我兒子嗎？寂靜不斷延續，我不禁對這個把我丟在這裡的年輕人感到氣惱。

「傑姆先生，傑姆先生。」他終於從牆內喊道。

我保持沉默，忽然間緊張起來。小伙子繼續大聲喊我。

不久，他重新出現在方才失去蹤影的地方，開始慢步朝我走來。他身高與我相當，舉止間有些神似我父親。我感到害怕。

當他來到他離開我的地方，喊了兩聲：「傑姆先生！」

我深切希望能再就近看他一眼，從我站的地方看不見他的臉。在這麼多年後，隱身躲避這個年輕人，只因為他可能是我兒子，這件事有種夢幻般的感覺。口袋裡的槍為我壯了膽，我於是現身走向他。

「你上哪去了？」他說：「你想進去的話就跟我來。」

他轉身沿著牆邊走。此時街道一片漆黑。我驀然想到他或許是企圖把我引誘到偏僻陰暗的角落，割斷我的喉嚨。我多麼希望自己至少有仔細端詳過他的面容！我和著他的腳步聲，走入暗處。

當我們來到圍牆較低矮處，賽哈特像貓一樣躍起，消失在牆內。我抓住他溼溼冷冷的手（一時間心中暗忖，這真的是我兒子的手嗎？），也爬了進去。空蕩工廠的看門狗被鍊子拴住，瘋狂地叫著。這裡肯定是我們的高原。

我心想，如果狗最後掙脫鎖鍊我就開槍，因此走在工業建物間時，我仍能保持沉著。很顯然地，井裡一跑出水來，海利先生和他兒子（我初見他那天，他穿著新的足球鞋）便設置了比最初規畫的規模還龐大的洗染作業系統。在這個複合廠區中還零星散布了一些比較早期的建築，想必是在過去這十年間紡織業外移到中國、孟加拉與遠東地區以前蓋的。其中有幾棟（例如有大理石階梯的行政大樓）已遭棄置，如今用來存放剩餘的建材、空板條箱與積滿灰塵又生鏽的廢棄物。有一些則成了廢墟。

我們的井被餐廳吞沒了，當時海利先生到我們挖井的現場來時，總是承諾要蓋一間餐廳。窗子全都破了，所以這地方連倉庫也當不成。有一盞霓虹燈從牆外射進來，我在微弱燈光下跟在嚮導後面，穿過蜘蛛網、鏽蝕的鐵皮、鬆動的管子和形體模糊不清的家具，最後來到我們的井的水泥邊緣。

「這個鎖從來都打不開。」我的嚮導蹲下來說道，一面撫弄著扣在井蓋上的掛鎖。

「你好像對這個地方很熟悉。」我說。

「以前安維常常帶我來。」

「為什麼？」

「不知道，」他還在把弄著鎖。「你為什麼想來這裡？」

「我從來沒忘記過我和瑪穆特師傅在這裡工作的情形。」我說。

「相信我，他也從來沒忘記過。」

他是想說我害瑪穆特師傅殘廢嗎？

當我的年輕同伴直起身子集中力氣，對著掛鎖最後再試一次，剛好有一束光線照在他臉上，我趁機細細打量。蟄伏在我內心一股乾涸的溫柔，已準備好一感受到滋潤隨即綻放。

但我失望了。沒錯，這個年輕人的五官、舉止、身材都與我相似，我卻不喜歡他的性格——老一輩的人或許會稱為氣質。愛莎錯了，他不可能是我兒子。

我這精明的嚮導立即察覺自己在無意間觸怒了我，於是不發一語。此時他回看著我，露出敵意。

「讓我試試吧。」我在半昏暗中蹲跪下來，試著撬開鎖。

四十三

跪在鎖旁邊有助於暫時緩解激起我良心不安的愧疚感。我為什麼要來？鎖啪的一聲打開了。

我起身將掛鎖遞給年輕人。「現在可以打開蓋子了。」我說道，有如一個德國遊客在指示農民讓他看看後院裡拜占庭時代的水井。我對這個嚮導已不抱幻想，他的輕蔑態度讓我困擾。

他想把生鏽的金屬蓋抬起來，但井蓋文風不動。我看著他拚命用力，後來再也忍不住，自己也抓住了蓋子。在我們合力之下，井蓋呀然開啟，彷彿拜占庭地牢的門。

在遠處那盞霓虹燈的微光中，我看見一面蜘蛛網和一隻蜥蜴一閃而過。一陣濃烈腐臭味刺痛我的喉嚨，《地心探險記》裡的字句也從我記憶最深處浮現。

井底很深，一開始甚至看不見。但我的眼睛漸漸適應了黑暗，終於能看見從底部一灘水或泥巴反射的光。距離驚人。

我們凝視著這個深淵，目瞪口呆。這麼深的井不免讓人驚懼，但同時也佩服那個只用一把鐽子、一支鶴嘴鋤挖鑿出來的人。我想像著三十年前在井底深處斥責我的瑪穆特師傅。

「我頭都暈了。」我的年輕嚮導說：「很容易就會摔下去。井這麼深，好像會把你往下拉。」

「別問我為什麼，但我剛剛想到了上帝。」我在他耳邊輕聲說，彷彿傾吐祕密，這一刻我覺得和這個年輕人有種休戚與共的感覺。「瑪穆特師傅不是那種一天禱告五次的人。即使如此，三十年前我們挖這口井的時候，感覺卻不像往地下鑽，而是往上升向天空和群星，升向神與天使的國度。」

「神無所不在。」自大的賽哈特說：「天上地下、南方北方，無所不在。」

「說得沒錯。」

「那麼你為什麼不信祂？」

「信誰？」

「萬能的阿拉，宇宙萬物的創造者。」他說。

「你怎麼知道我信不信神？」

「顯而易見……」

我們默默無語端詳著對方。他這麼生氣，確實可能是我兒子。發現他個性堅強、充滿鬥志，我滿心感激，但也害怕萬一他此時在井邊對我發怒，後果不堪設想。

「西化的土耳其有錢人在為世俗主義辯護時，總會說『我和上帝的關係不關你的事！』」賽哈特說：「可是他們根本不在乎上帝，他們煽動世俗主義只是為了用現代化來偽裝自己的邪惡。」

「你對現代化有什麼不滿？」

「我沒有對任何人有任何不滿！」這時的他口氣平靜了些。「但我不會讓敵人來定義我，也不會陷入錯誤的二分法裡面，像是左派與右派、信神與現代化。我只想做我自己。所以我才會躲避人群，專注地寫詩。剛才有人按我的門鈴，但我正在寫一首詩，所以沒開門。」

我很困惑，但也覺得若是讓話題轉向較學術性的一面，或許能沖淡年輕人的怒氣。

「你認為現代化是壞事嗎？」我帶著酒醉後的純真問道。

「現代人會迷失在城市的混沌中。他們多少會變成沒有父親，而尋找父親實際上又毫無意義。因為如果是一個現代的個人，就永遠無法在城市的喧囂中找到父親。法國現代化的先驅盧梭知道這是事實，所以他拋棄了四個孩子，只為了確保能讓他們現代化。盧梭對自己的孩子從未展現絲毫關心，也從未去找他們。你呢？你也是因為要讓我現代化，才把我丟在這裡嗎？如果是這樣，那麼你是對的。」

「什麼？」

「你為什麼不回我的信？」他跨步上前問道。

「什麼信？」

「我在說什麼你清楚得很。」

「對不起，一定是茴香酒讓我忘東忘西。我們何不回到餐宴上去，你可以邊走邊提醒我？」

「我寄了一封信給你，署名『你的兒子』，你為什麼沒有回信？我在信的底下留了電郵地址。」

「請原諒我，但你說你署名了什麼信？」

「別忽然假裝這麼客氣。」賽哈特說：「你現在一定已經猜出我是誰了。」

「我恐怕不太明白，賽哈特先生。」

「我不叫賽哈特，我是你兒子安維。」

我們隔了許久都沒有再開口，連工廠的狗也不知何故安靜下來。四下寂靜深沉，讓我想起多年前父親拋棄我們，想起連他的長相都不記得的感覺。這感覺就像房裡忽然熄燈或是短暫失明。

我看著安維，他也看著我，試圖揣測我的心思。我有一種愈來愈強烈的幻滅感。我們的重逢完全不像土耳其連續劇裡的感人場景，淚流滿面地擁抱，呼喊著「爸爸！」和「兒子！」

「在假裝的人好像是你。」我終於開口說：「我兒子安維為什麼要化名為賽哈特？」

「為了確定他到底會不會喜歡自己的父親……為了看看我會不會對你有好感。父親的身分對我來說意義重大。」

「你覺得父親代表什麼?」

「父親是一個寵愛、權威的角色，直到臨死那一天都要接受並守護自己生下的孩子。他是宇宙的起源與中心。當你相信自己有父親，即使見不到他也會覺得安心，因為你知道他一直都在，隨時準備好要愛你、保護你。我從來沒有這樣一個父親。」

「我也沒有。」我冷冷地說：「但要是我有的話，他會期望我服從他，也會以他的愛和強勢性格抑制我的個人特質!」

安維瞪大雙眼，發覺他父親顯然已事先思考過這個問題。他似乎真真切切也懷抱敬意地想聽聽我想說什麼，這讓我有了勇氣。

「如果屈從於父親的意志，我會快樂嗎?」我大聲提出疑問。「那樣的我也許是個好兒子，卻無法成為真正的個人。」

他直率地打斷我的沉思，說道：「我們富裕、西化的階級人士太執著於個人主義，甚至忘了怎麼做自己，更遑論怎麼當一個人。這些西化的土耳其人自負到不信神，一心一意只在乎個人特質。大多數人選擇不相信上帝，只是為了證明自己與眾不同，雖然他們根本不會承認這是原因所在。但信仰的重點正是要和所有人一樣，宗教是柔弱者的避風港與慰藉。」

「我同意。」

「所以你說你相信上帝，一個富有又西化的土耳其人要承認這一點，恐怕並不容易。」

「對。」

「如果你真的相信上帝又讀過《可蘭經》，怎麼會把瑪穆特師傅丟在這口無底深井內？你怎麼做得出來？真正虔誠的信徒是有良知的。」

「關於這點我想了很多。當時候我還是個孩子。」

「不，你不是。你已經夠大了，都能亂搞男女關係弄大女人的肚子了。」

他的尖銳回應讓我錯愕。「你都知道了。」我喃喃地說。

「是的，瑪穆特師傅全都告訴我了。」安維咆哮道：「你把他留在井底是因為虛榮心作祟，你覺得自己的人生比他的人生有價值。對你來說，你的學校、你的大學夢和你的人生，都比那個可憐人的性命更重要。」

「可是那很正常，每個人都會這麼想。」

「有些人不會！」

「你說得對！」我說著退離開井邊。

我們倆沉默許久，狗又開始吠了起來。

「你害怕嗎？」兒子問道。

「害怕什麼？」

「跌進井裡。」

「不知道。」我說：「大家一定都在納悶我們跑哪去了。我們回去吧……我覺得這種傲慢無禮的態度不是一個兒子該有的……」

「哦？那我應該用什麼態度跟你說話呢，親愛的父親？」他嘲弄地說：「如果你希望我當個聽話的兒子，我就不能成為現代化的個人了，不是嗎？如果你希望我當個現代化的個人，那我就不可能是聽話的兒子。你得幫我決定一下。」

「我的兒子可以在自願服從父親的同時，也仍然是個完全成熟的個人。」我說：「我們性格的塑造不僅是憑藉我們的自由，也憑藉過往經歷與回憶的力量。對我而言，這口井就是過往的經歷與回憶。我很感謝你帶我來這裡，安維先生，但是這段對話到此為止。」

「你為什麼想回去？你害怕嗎？」

「我為什麼要害怕？」

「你不是擔心意外落井，你是怕我推你下去。」他直視著我說。

我也正眼回望著他，問道：「你為什麼要對自己的父親做這種事？」

「為了替瑪穆特師傅報仇……」他開口道：「為了讓你因為拋棄我、因為引誘我已婚的母親、因為在這麼多年後竟然不回兒子的信，付出代價……又或者只是為了符合你的期望，當一個西化的個人。喔，對了，當然還為了繼承你的財富……」

這麼長一串原因聽得我怵然心驚。我於是試著說服他，說服我的兒子打消念頭，便溫言勸道：「你會被拖進法院，最後在牢裡憔悴以終。你下半輩子都會在監獄裡等候母親的下一次探視。殺害父親或是向政府示威抗議之類的事，只有在西方才會獲得稱頌。在這裡，除了你母親以外，每個人都會唾棄你的作為。而且，弒父的兒子沒有資格得到父親的遺產，這是法律的規定。」

「做這種事情，沒有人會去想後果。」兒子說：「想了後果，就不可能自由行事。要想自由就必須忘記歷史與道德倫理。你有沒有讀過尼采？」

我決定保持緘默。

「不管怎麼說，要是我現在把你推下井去，然後告訴大家你是失足墜落……沒有人能證明我說謊。」

「你說得對。」

「有時候我對你的憤怒強烈到只想挖出你的雙眼。」兒子若有所思地說：「父親最讓人難以忍受的一點，就是他們隨時都能看見你！」

「父親的注視是值得珍惜的。」

「除非是真正的父親！一個真正的父親就只是父親罷了。你根本稱不上真正的父親。我第一步一定會先弄瞎你。」

「為什麼？」

「我是詩人，玩弄文字是我的天職。同時，我也知道我們真正的想法無法訴諸文字，只能以圖像表達。我永遠無法將我思考的精華寫成文字，卻能以影像來想像。如果要成為你所期望的那種獨立個體，我唯一想像得出的方法就是馬上弄瞎你的雙眼。你知道為什麼嗎？因為這麼做的話，就代表我終於變成我自己，就等於我寫下自己的故事並創造了自己的傳奇。」

聽到他如此怨恨仇視我，實在令人痛心。我本該像個稱職的父親一樣擁抱他、親吻他，但在揪心的失望與懊悔之餘，我說了不該說的話：

「你也不是真正的兒子。你太充滿憤恨，也太容易任人擺布了。」

「任人擺布？你說怎麼個任人擺布法？」

他用來加重語氣的憤怒手勢讓我畏縮地後退一步，他隨即往前靠近。

我犯的第二個錯是，在此時從內袋掏出克勒克卡萊手槍，半開玩笑地作勢要扣扳機。

「別再往前了，兒子。你別逼我，否則可能擦槍走火！」我說。

「你根本不知道怎麼開槍。」他說著便撲向手槍。

我們父子倆一齊摔倒在黑暗中，在水井旁發霉的泥土上扭打起來。我們翻滾了幾次，最後他壓制住我，抓住我的手臂，開始往井的外牆砸，試圖讓我鬆開手中的槍……

第三部

紅髮女子

三十年前，一九八〇年代前半，我們劇團到一個鄉下小鎮表演。某天晚上，劇團幾位成員正在和當地一群政治激進份子吃飯喝酒，桌子另一頭忽然出現一名紅髮女子。每個人都紛紛表示，同一桌出現兩個紅頭髮的人真是不可思議的巧合。他們說：「這種機率太小了。」並爭辯著這究竟是好運還是什麼樣的預兆時，坐在另一頭的紅髮女子忽然開口說：

「我是天生紅髮。」

她似乎既抱歉又自豪。「你們看，我臉上和手臂上有雀斑，我的膚色很白，而且是綠色眼睛。」

全桌人都轉向我，急著看我會如何反應。

「妳也許天生就是紅髮，我卻是後天的選擇。」我立刻回答道。

其實，通常我對於人生的問題不會這麼對答如流，只是這件事我事先已想過無數次。「上帝賜給妳紅頭髮，這是妳的命運，對我來說卻是有意識的選擇。」我話只說到這裡，不希望酒伴們覺得我太自以為是，我已經可以聽到他們的嘲笑。但假如我保持緘默，會像是在說：「對，我錯了，我頭髮顏色是假的。」我的沉默會被視為屈服，他們會對我的人格作出錯誤判斷，給我貼上「抱著天真願望的騙子」的標籤。

對於我們這些後來才變成紅髮的人而言，選擇髮色就相當於選擇人格。變成紅髮之後，我人生的後半輩子都很努力地忠於自己的抉擇。

二十五、六歲時，我十分積極地在為現代觀眾復興露天民間劇場的傳統，還沒有開始藉由古代神話與寓言講述道德故事。雖然我充滿道德正義與自由主義的觀點，基本上卻是滿足的。我當時的戀人是一個長相英俊、大我十歲的激進派份子，他剛剛離開我去執行一項長達三年的祕密任務。我們在一起深入閱讀討論的那些時刻是多麼浪漫、多麼幸福啊！雖然氣他離開我，卻也不能真的怪他，我們的戀情曝光了，同志們無法容忍，他們堅稱浪漫戀愛會毒害團體，最後所有涉及的人都會哭泣收場。後來很快地，在一九八〇年時，又發生一次軍事政變。我們當中有些人潛入地下，有些人搭船橫渡到希臘，再轉往德國，尋求政治庇護，還有些人被捕後遭受刑求。我的老情人亞金則是回到妻兒身邊，回到他的藥局。以前圖爾罕的追求意圖老是惹得我心煩，我也一直恨他詆毀我的情人，但他現在對我非常好。自然而然地，我們於是決定結婚，認為這樣對我們的左派組織「國民革命黨」也有好處。

然而新婚丈夫忘不了我的舊戀情。雖然他不再責怪我「隨便」，卻深信我的過去讓他在組織的高層與檔案方面逐漸失去威信。他一點也不像我的已婚戀人亞金，陷入情網快忘得也快。圖爾罕無法假裝若無其事，他開始會在別人的單純言論中，聽到隱含的譏諷與影射。很快地，他便指責國民革命黨的同志效率不彰，隨即動身前往馬拉蒂亞領導一場武裝反抗行動。但是我丈夫試圖召集的那些人通報了相關單位，說有煽動群眾的人出現，他就這樣被憲兵逼入一條壕溝的死角。後來結果如何，我相信各位也猜到了。

在這麼短的時間內連續遭受兩次重大打擊，我覺得與政治更加疏離了。我考慮要回家與父母同住（我父親退休前服務於地方政府），卻怎麼也下不了決心。回家就表示認輸並放棄演戲——而且要找到另一個願意接納我的劇團，恐怕是一大難事。人生至此，我希望自己能為了演戲而演戲——不是為了政治。

因此我繼續留在組織內，最後嫁給我已故丈夫的弟弟，就像那些被派往波斯戰場一去不返的騎兵的妻子，唯一的差別只在於是我自己想要嫁給圖爾蓋。鼓動他成立巡迴劇團的人也是我。最初，我們的婚姻生活出乎意外地和諧。我已經愛過又失去過兩個男人，圖爾蓋的青春稚氣似乎向我保證了他會活得長久。冬天裡，我們會前往伊斯坦堡或安卡拉之類的大城，在左派組織的禮堂與幾乎稱不上劇場的集會廳表演；夏季期間，我們便聽從朋友的建議，將帳篷移至鄉下城鎮、度假勝地、軍營所在，以及新建的各式工廠。這樣的生活過了三年後，我遇見了同桌的另一個紅髮女子，一年前，我才剛決定把自己的頭髮染紅。

這並非深思熟慮後的決定。有一天，我心血來潮走進巴可克伊區一家毫無特色的美髮沙龍，對中年的美髮師說：「我想變個顏色。」當時心裡根本沒有特定的想法。

「你的髮色已經很淡了，金髮應該會適合你。」

「染成紅色吧。」我直覺地說：「那樣會好看。」

他挑了一個介於橘紅與消防車紅之間的色調。確實十分顯眼，但無論是圖爾蓋或是其他我在乎的人，都沒有人表示不滿。也許他們以為我在為表演做準備。我知道他們也把它歸因於我戀愛不順的痛苦發洩。「這能怪她嗎？」他們可能會這麼說，然後轉移視線。

我得到的反應幫助我理解了自己的作為的完整意涵。土耳其人極其注重真假之間的區別。自從另一個紅髮女子在餐桌上炫耀地自我證明後，我便不再仰賴美髮師與他們的化學藥劑，而是開始到市場買指甲花染料自行染髮。我想這就是我和天然紅髮女子相遇的結果。

在舞台上，我總是格外留意觀眾群中的高中生、大學生與落單的軍人，大大敞開心胸感受他們的夢想與憧憬。他們比年長者更善於辨別真偽，辨別虛假與真實的情感。假如我不是用自己的指甲花染料染髮，也許我永遠不會吸引傑姆的目光。

我會注意到他是因為他注意到我。他十分神似父親，看到他就令人感到愉悅。當我發現他抬頭注視著我們住的樓房的窗戶，便察覺到他愛上我了。他很害羞，這點我也很欣賞。厚臉皮的人讓我害怕，而且這種人必然多不勝數。當然了，厚臉皮是會傳染的，在這個國家傳布之廣有時候讓人覺得窒息。這些人大多都期望你也跟他們一樣厚臉皮。但是傑姆溫柔又羞怯。他來看我們表演的那天晚上，我和他到車站廣場四周散步時，問出了他的身分。

我很驚訝，但或許我內心有一部分一直都知道他是誰。戲劇教會了我一點，人生中任何一件事都不能以純屬巧合等閒視之。我的兒子和他的父親都夢想要當作家，不是巧合；三十年後我在恩戈蘭這裡與孩子的父親重逢，不是巧合；我兒子體會到沒有父親的痛苦，一如他自己的父親也有此體會，不是巧合；多年來在舞台上灑淚的我，如今有了哭泣的真正理由，也不是巧合。

一九八〇年政變過後，我們的民間劇團改變了政治立場，以避免與政府有任何衝突。我們淡化了左傾的煽動性言論。為了盡可能吸引更廣大的觀眾，我從魯米的《瑪斯那維》與古代蘇非教派的故事與寓言挑選敘述語句，並從「法赫德與席琳」或「阿絲莉與凱雷姆」等廣為人知的故事中，挑選動人的場景與對話。但我們的演出最最受歡迎的段落，卻是我改寫自羅斯坦與索拉布的故事的獨白，這是一位上了年紀的劇作家友人提出的建議，他以前為煽情的土耳其老派電影寫過劇本，而且一再向我們保證這個故事絕對不會過時。

演完幾齣當紅電視廣告的諷刺短劇後，我會突然插進一段肚皮舞，這時候觀眾群間看了我的長腿與短裙而陷入瘋狂、猛吹口哨的好色之徒，要不是立刻墜入情網就是迷失在詳實細膩的性愛幻想中。可是我一以索拉布母親塔蜜娜的身分回到台上，看到丈夫對兒子所做的事情而放聲尖叫時，他們每一個人都會陷入沉重又不安的靜默，就連剛剛還叫喊著「脫掉！」的變態也不例外。

我會開始哭起來，一開始輕聲飲泣，但很快便痛哭失聲。哭泣時的我很享受自己掌控群眾的力量，也慶幸自己畢生奉獻給戲劇。我穿著醒目的紅色連身長裙、戴著道具首飾站在台上，腰間繫著寬寬的軍用腰帶，手臂上戴著一只古式手鐲，以一種只有母親能理解的傷痛大聲哭泣，一面看著坐在我面前的那些男人，感覺到他們的靈魂在顫抖，看見他們眼眶泛淚，看得出他們所有人都心生愧疚。當台上父子開始決鬥，從觀眾選邊支持的態度就能看出，讓大多數憤怒的鄉下年輕人產生共鳴的是索拉布，而不是他權力強大又傲慢的父親羅斯坦。因此基本上，他們哀悼的是自己的死亡，但卻一直到紅髮母親率先流露出無法抑制的憂傷，他們才容許自己為自己的命運哀泣。

即使糾結在如此痛苦的情緒中，那些仰慕我的戲迷仍情不自禁地，目光在我的臉、頸子、胸口、大腿，當然還有紅髮上游移，正好呼應了古代民間故事中的描述：抽象的痛苦往往會摻雜性興奮。在某些罕見的巔峰時刻，我只要眼睛一瞄、脖子一轉、腳步從容地一跨，就能同時占據那些男人的大腦與心，喚醒他們年輕的肉慾。有時候會有人哭出聲來，那啜泣聲迅速地感染了周遭的人。另外可能會有人覺得不自在，看到一半就拍起手來，蓋過我的聲音而引發混戰。有幾次，我親眼目睹帳篷裡所有的觀眾都失去理智：大聲叫嚷的人和默默哭泣的人扭打成一團，咒罵奚落的人同時向歡呼的人與默默看戲的人叫陣。通常，觀眾呈現這種能量與張力是我所渴求的，只不過暴力的威脅可能讓我緊張。

為了找到一個能與哭泣的塔蜜娜抗衡的場面，我們將先知亞伯拉罕準備割斷獨子的喉嚨，來證明自己服從上帝旨意的場面重新搬上舞台。我飾演一個在背景哭泣的女人，稍後又飾演帶著玩具綿羊的天使。事實上，這個故事裡沒有女人的實質空間，我發揮不了太大影響力。於是我將伊底帕斯與母親約卡絲妲的對話改編成獨白。對於兒子可能意外殺死父親這一點，觀眾在情感上多半超然於外，但至少可以刺激他們的理智層面，這樣應該就夠了。我多麼希望當時省略了兒子與紅髮母親上床那一段……今天我已看清那是多麼不祥的選擇。圖爾蓋警告過我，但我置之不理，就如同我們排練時為我們端茶的男孩看了之後驚呼：「搞什麼東西？」我也置之不理，更遑論劇團經理尤蘇夫的憂慮反應：「這樣真的好嗎？」

一九八六年在小鎮居迪爾，我飾演紅髮約卡絲妲，說到我在不知情的情況下與親生兒子上了床，並真情流露地掉下淚來。第一與第二場演出後，我們收到幾封恐嚇信，半夜裡帳篷著了火，差點就沒能把火滅掉。一個月後，我又在薩姆松演出同一段獨白，當時我們把帳篷搭在海岸邊的一群破屋附近，隔天早上，當地的小孩就拿石頭扔帳篷。在埃祖倫，憤怒的民族主義青年指責我們傳播「希臘戲劇」，在他們的恐嚇下，我嚇得躲在旅館裡，還有勇敢可敬的大批警察圍在我們帳篷外守衛。我們開始覺得或許我們的藝術對保守的內地民眾而言太過露骨，可是就連去安卡拉的進步愛國會，在一間充滿咖啡與茴香酒味的小禮堂表演時，才演出兩三段就被下令中斷，原因是「傷害了民眾的細膩感受與脆弱情感」。這個國家的每個男人都最愛用「你媽」開頭來罵人，在這樣一個地方，你很難不服法官的判決。

我二十多歲在和亞金（後來成了我兒子的祖父）談戀愛時，我們常常討論這些事情。他總會驚訝地回憶一般男孩在學校與軍隊學來的那許多穢言穢語，很多罵人的髒話在他提起之前我從來沒聽過，他會批評那些話「噁心至極」，然後開始長篇大論抨擊「女性受到的壓抑」，最後也總會信誓旦旦地說只要建立勞工階級的烏托邦，這種猥褻言語就不可能存在。我只須耐心地站在男人身後，等他們準備革命。不過以現在的時間與地點，都不適合提起土耳其左派運動中的性別歧視這個老掉牙的爭論。我在劇末的獨白從來都不只有憤怒，同時也是優雅且富有詩意。我希望兒子寫的書能符合這個調性，像台上的我一樣，向讀者完整傳達各種不同的情感。其實是我認為安維應該寫一本有關我們經歷的書，就從他的父親與祖父開始。

安維還小的時候，我曾考慮讓他在家裡自學，不要把他送到一個可能讓他失去所有與生俱來的善良與慈悲的地方，以免學會男孩在成長過程中似乎都會養成的惡習。但圖爾蓋將我的想法斥為天方夜譚。讓兒子註冊就讀巴可克伊的小學以後，我們兩人都不再演戲，轉而開始為每個電視台都會播放的外國影集配音。我們之所以不斷重回恩戈蘭，是因為希勒．席亞赫魯。我們的左派社會主義的熱情或許消退了，卻仍與老友保持聯繫。事實上，許多年後讓我們與瑪穆特師傅重聚的人也是希勒。

我們安維很喜歡聽瑪穆特師傅的故事。我們會上門拜訪他，他家後院有一口美麗的水井。他在當地挖了第一口井之後，工程計畫便接二連三地來，讓他賺了大錢，加上早期在那一帶買的不少土地後來都增值，他生活過得十分愜意。當地人介紹他娶了一個漂亮的寡婦，其實她丈夫是拋妻棄子跑到德國去，從此下落不明。瑪穆特師傅收養了男孩，視如己出，他是個稱職的父親。安維和這個男孩撒利成了好朋友。我試著想讓撒利對演戲感興趣，可惜徒勞無功。不過我的青年劇團的成員大多也都是安維的朋友，另外還有一些恩戈蘭當地的青年男女。我為了安維，待在那裡的時間愈來愈多。對戲劇的愛好是具有感染力的。這些孩子多數都是瑪穆特師傅家的常客。他將瀰漫著忍冬香氣的後院那口井的蓋子上了鎖，以免孩子玩耍時不慎掉落。但是站在三樓後側陽台看著他們的時候，我還是會大聲警告：「離井遠一點。」你從神話與民間故事聽到的事情，最後往往會在真實生活中發生。

從井裡救出瑪穆特師傅，我扮演了關鍵角色。前一天晚上，我那個笨拙的青少年情人引誘了我（結果讓我懷了身孕，這是我倆萬萬都想不到的結果），當他一口喝下另一杯茴香酒，便**毫不保留地**（這是他的原話）向我坦承一切，說他師傅給他太大壓力，說他受夠了，真想一走了之回家找媽媽，說他不相信他們會找到水，但他也不在乎了，他還留在恩戈蘭只有一個原因，就是我。

因此隔天中午左右，我看見他提著小行李袋衝向火車站，實在大感困惑。凡是看完我演出愛上我的男人，不管多麼短暫，往往不會只見到我一次就滿足，他們通常會滿懷嫉妒。

我很可能只是因為再也見不到傑姆而感到失望。他幾乎不怎麼談他父親的事，難道他一開始就起疑了？我和同事已經說好要搭下一班車出城，但我不明白傑姆為何像匪徒一樣逃離恩戈蘭。車站裡擠滿了孩童和帶著一籃籃農產品要上市場販售的村民。傑姆來的前一天晚上，圖爾蓋設法讓學徒阿里帶瑪穆特師傅到我們的帳篷來，他懷著敬意默默地觀賞我們的演出。我們得知阿里已經不再當他的幫手，當初委託挖井的地主也已不再提供資助。我們實在忍不住好奇，便叫圖爾蓋上高原去了解情況，由於這段時間我們的車來了又走了，因此剩下的人也很快地朝山上的井前進，有如一群古老童話故事裡的人物。我們把阿里放下井去，當他上來的時候，手裡抱著半昏迷的瑪穆特師傅。

他們將瑪穆特師傅送到醫院，但我們後來得知，他沒等斷裂的鎖骨痊癒便又回到他的井去。我們始終不知道他有沒有再找到學徒，當時我們已經離開恩戈蘭了。說實話，我恨不得忘記自己前一晚是如何因為一時戲劇化的縱情，而與一個高中生發生關係，更何況之前還和這個男孩的父親相戀過，只是讓那股激情更快耗盡。我還不到三十五歲，卻已經察覺男人會有多驕傲又脆弱，也察覺他們體內流著自我意識的血液。我知道父子有可能相殘，不管是父親殺死兒子，或是兒子殺死父親，勝利的總是男人，留給我的只有哭泣。我想也許我需要捨棄一切，到別處展開新生活。

無須擔心圖爾蓋，就連我也幾乎沒有懷疑過傑姆可能是安維的生父。我算出可能懷上他的時間時，確實閃過這個念頭，但並未多想。只是隨著安維漸漸長大，我清楚看出他的眼睛，尤其是他的鼻子一點也不像圖爾蓋，才開始再次想到我的年輕情人或許才是我兒子的親生父親。圖爾蓋起過疑心嗎？

安維和圖爾蓋向來處不好。每次看到兒子，圖爾蓋好像就會想起我本來是他哥哥圖爾罕的妻子。他也和哥哥有同樣想法，既然曾經和已婚男人搞過婚外情，我肯定也對圖爾罕不忠。雖然他從未說出口，但我知道他是這麼想的。他無法忍受我的紅頭髮，因為會讓他想起我的過去——雖然他也從未承認過這點。

我拿了以法文或英文寫成的戲劇或小說譯本給圖爾蓋看，讓他知道西方人將紅髮女子描繪成脾氣火爆、性格果斷的潑辣女子，但他無動於衷。我在一本女性雜誌讀到一篇從英文雜誌照抄過來的文章，標題是「男人眼中的女人」。裡面畫了一位紅髮美女，圖片的解說寫道：「凶悍而神祕」。圖中女子的表情與唇形和我相似。我將圖片剪下，貼在牆上，但是丈夫視若無睹。圖爾蓋滿口左派思想與國際主義，其實他的見識向來狹隘得多。他認為在我們國家，紅頭髮的女人就是放蕩。如果一個女人故意選擇把頭髮染紅，也就形同選擇那樣的身分。只不過我是演員的事實將此舉變成一種戲劇表現，減輕了我受到的侮辱。

於是，當配音員那些年，我和圖爾蓋漸行漸遠。我們住在巴可克伊的一棟公寓，那是圖爾蓋從父母那兒繼承而來，可是安維幾乎見不到父親的面。圖爾蓋除了給廣告配音，還另外接其他工作，忙得不可開交，回到家都很晚了——如果有回家的話。遺憾的是，我知道在父親可能不回來吃晚飯的家裡撫養一個孩子是什麼感覺。

因此我和安維變得非常親密。我目睹了他多變的情緒，以及他的脆弱靈魂與多愁善感的個性的演化。我清楚感覺到他的憤怒、他的孤單與他的絕望，正如我清楚觀察到他的恐懼、他的沉默與他的小小憂慮。我很喜歡輕撫他手臂與頸子的平滑肌膚，看到他的肩膀與耳朵逐漸開闊，我滿心喜悅。他性器的發育，也和他智力的萌芽、他理智的力量，與他殘存的幼稚傻氣一樣令人滿足而愉快。

有些日子，我們就像他希望的那樣，像好朋友似的聊天、大笑、在家玩捉迷藏、玩填字遊戲、一起逛街購物。但有時候，憂鬱與孤寂之感襲上心頭，我們甚至會避開彼此，對偌大的世界感到畏懼，也對我們身處其中心生厭倦。我明白在那種時候有多麼難以與任何人起共鳴，多麼難以真正了解另一個人並與他們交心——哪怕這個人是安維，是我生命中最愛的人。我會牽著他的手去看全世界：街道、房屋、畫作、公園、大海、船隻。我希望他和巴可克伊和恩戈蘭的朋友上街頭玩耍，並學會如何為自己奮鬥，靠自己的雙腳站起來，但我也同樣迫切地希望他遠離那些互罵粗話的罪犯，以免將來變得和以前在劇場帳篷裡嘲笑我們的人一樣。

比起其他孩子，安維在外頭玩耍的時間少得多。不過令我驚慌的是，他成績也只是平平，從來不曾名列前茅。有時候我會納悶自己為什麼這麼在意這件事。畢竟，相較於事業成功或甚至賺大錢，我更希望兒子富有同情心、重視公理正義，而且心平氣和。但我覺得他在快樂的同時也可以當英雄！我對他的期望是那麼地高。我以前常常祈禱，希望他永遠不會是那種滿腦子煩惱瑣碎小事的人。他小時候，每當張開粉紅大嘴哭嚎不止，我就會喃喃念道：「但願生命仁慈對待我心愛的兒子。」

我會認真凝視著他清澈的雙眼，告訴他說他與其他人都不一樣，說他有一種特殊心性。我們會一起看童書、古老的神話故事和詩集。我們會看電視上的卡通和兒童戲劇節目。我看得出他比他父親和祖父都更有思想、感情更細膩。我跟他說他有一天會寫劇本。他喜歡寫作的主意，卻排斥戲劇。

小學畢業後，安維開始展露出較憤怒與敏感的一面，這種性格我從未在他父親與祖父身上看見過。我體諒他的憤怒，心想這可能是遺傳自我。他原本是那麼平和的小孩。還在襁褓中的安維最喜歡洗澡時間，我會用溫水清洗他優美細緻的小身軀，仔細地用肥皂塗抹他纖細的手臂、像甜瓜一樣可愛的頭、像根豆子似的陰莖和草莓般粉紅的乳頭。浴室裡又暖又舒服，有時候幫他洗完澡我自己也會順便洗。在巴可克伊公寓裡的浴室，總要好久才會暖和起來，所以直到他十歲以前，我們都一起泡澡。之後我教他怎麼自己洗澡，怎麼不張開眼睛自己洗頭、洗髮、洗雙腿。

兒子很討厭我這麼做，我後來認為他會發怒，而且年紀愈大，發怒的時間愈長也愈火爆，應該是源自於這個時期。他上高中以後，圖爾蓋乾脆就不回家了，安維變得悶悶不樂，後來沒能考上好的大學，而我儘管愛他卻也難掩失望，這些都讓他的愁苦加劇。他常常無緣無故跟我吵架、頂嘴，似乎頗樂在其中。當我批評他的漫畫書或把他正在看的電視轉台，他會大聲咆哮：「妳懂什麼？」他會把頭剃得像個逃犯，或是留著像宗教狂熱份子一樣的鬍子，或是好幾天不刮鬍子讓自己像個瘋子，他也會故意挑釁，讓我驚恐不安，從中獲得一種變態的滿足感。最後我們會互相尖聲叫罵，直到他砰然關上門衝出去。

上了大學，他開始經常回恩戈蘭找童年友人，並在瑪穆特師傅家巧遇了一群愛幻想的無業人士。有一段時間，他會到我們在巴可克伊住處附近的韋利芬迪賽馬場賭馬，但很快便悔過，再也沒有伸手跟我要過錢。到布爾杜爾當兵期間，他備感寂寞，週末放假總會打電話給我，邊說邊哭。當他回到伊斯坦堡，我看到他頭髮理那麼短、皮膚曬那麼黑，整個人瘦巴巴，脖子細得活像櫻桃梗，就忍不住湧出憐愛的淚水。我們不時瀕臨再次大吵大鬧的邊緣，有時候爭吵過後還會好幾天不說話。他會以晚歸或甚至乾脆不回家作為報復，我則會幾個晚上不眠不休地等他。我深怕他愛上一個笨頭笨腦的女孩，或是一個年紀較大、歷盡滄桑又積極主動的女人。但我們無論如何爭吵、鬧脾氣，也不管再怎麼不說話或是互相挖苦，到了某個時間點，還是會互相緊緊擁抱、和解。這時候我會體認到自己無法忍受與兒子分開，沒有他我活不下去。

由於我們已經與他父親（或是他視為父親的人）疏遠，當我和圖爾蓋正式離婚，或甚至圖爾蓋最終去世時，安維的心情都沒有受影響。我認為這孩子不時怒氣發作、他不理性的狂怒、他愈來愈沉默寡言與動不動就批評人事物的態度，原因在於他天性敏感，而不是缺乏父親形象。不過我也相信，主要原因還是貧窮。因此當我在報紙上看到傑姆與他的房地產開發廣告，又在同樣的報紙上看到西方醫學已研究出萬無一失的方法，可以確認父子關係，就連土耳其的法院也承認這種結果，我開始有了想法。

年輕時的我，作夢也不會想要打這種官司。利用警察與國家法律逼一個男人為他原本絕不會承認的孩子負起責任；利用另一場官司訴訟的威脅當誘餌，來釣更多錢；在他籌辦的公開集會上現身……我的這些作為讓兒子駭然，但他也知道這一切都是為了他，當陣陣怒氣消退後，他態度軟化了。

我又求又哄了好幾個月，才說服他提起訴訟，這期間我們不斷地吼叫爭吵。要他接受母親外遇、生了孩子，還隱瞞這麼多年的事實，顯然是過分了。他既惱怒又尷尬，一次又一次地問我：「妳確定嗎？」我也一次又一次地回答：「我要是不確定會這麼說嗎？」然後他（或是我）會轉過頭去，兩人都不再作聲。

但多數時候我們會互相尖聲叫嚷。「這是為你好！」我會這麼告訴他。這是我所能提出最有力的說詞。有一次起口角時，他憤而扯下牆上那張紅髮女子的圖片，撕成兩半。他告訴我，他從網路上得知她跟我一樣是壞女人。於是我也去查了她的資料。我從雜誌上剪下的圖片是十九世紀英國畫家但丁．加百列．羅賽蒂的一幅畫。他受到畫中模特兒的迷人雙眼與豐滿嘴唇所吸引，墜入情網後娶了她。我用膠帶將圖片黏好，重新貼回牆上。

兒子只有在喝了茴香酒才能談論向父親提告的事，酒的影響力強化了他的信心，什麼話題都能談，但同時也讓他變得更嚴峻而暴躁，對母親說話的用字遣詞簡直像個水手。現在的他一如大學畢業後剛搬到恩戈蘭的時候，每次吵架都會咒罵我，會發誓再也不要浪費心思在我這種賤女人身上（或是類似的難聽字眼）。但他受不了一個人待著，所以一、兩天後，又會從恩戈蘭搭火車來到巴可克伊吃晚飯。

「我很高興你來，我做了肉丸子。」我經常這麼說。

我們會天南地北地聊，好像兩天前什麼事也沒發生過。吃過飯後，我們會並肩坐在沙發上，就像一對尋常母子一起看電視，以前他還在念書時，我們每天晚上都會像這樣一起等候他那個從不回家的父親。看完節目，自尊心太強的他不肯承認自己不想回家一個人過夜，便開始轉台，找另一個節目沉迷其中。

不久他會蜷縮起身子，在電視機前面睡著，我則是靜靜地照料他，並為了沒能替他找個理想的結婚伴侶而自責。不過我猜想只要是他喜歡的女孩我都會反對，而他也絕對可能純粹出於怨恨，而不接受任何一個我為他挑選的女孩。再說了，我這兒子既無經濟能力也無社會地位，難以找到好對象。

自從將頭髮染紅以後，我從未後悔過自己作的任何決定。我唯一後悔的是不該抱著希望堅持兒子去見他父親，去認識他。安維對這個想法深惡痛絕，卻也從未完全摒棄。不過他主要是指責我異想天開，或是都只為了錢才這麼做。傑姆死後，所有報紙也都以同樣的理由指責他，倒也不是巧合。但兒子並不是故意要殺死父親。他當然不是殺人凶手，然而媒體卻任意用這樣的字眼中傷他，讓他從此背上這個汙名。

我兒子只是在面對一個拿著槍、陷入狂怒的人時試圖自衛，而這個人剛好是他父親。安維當晚來參加聚會只有一個希望，就是終於能與從未謀面的父親團聚。是我激發了他內心的這份需求，這也是我如今最懊悔的事。我從無一刻後悔在他小時候，跟他說羅斯坦與索拉布、伊底帕斯與母親，或是亞伯拉罕與以撒的故事。就像對那些來到我們黃色劇場帳篷的年輕人、學生、怒氣沖沖的男人一樣……以前從來沒有人向他們說過這些故事，但他們多少還是知道，正如同人們在內心深處，有時候還是知道自己遺忘的事情。

無論檢察官如何主張，兒子熟知這些古老故事，熟知人生偶爾會有模仿神話與寓言的傾向，並不能證明他有罪。安維一定是由衷希望安然離開井邊，不要造成父親死亡。但是當他試圖從父親手裡奪下手槍，可有一分一秒的思考機會？我兒子是意外殺死父親的。我一聽完他真誠地講述事發經過，就看清了這一點。若非想以精采的故事蒙騙讀者，大多數記者也應該都能看清才對。

索拉布的成功、傑姆的龐大財富、如今能證明安維的父子關係的科技……這一切都是令人難以抗拒的刺激題材。無數的篇幅描述我抵達犯罪現場時如何痛哭。有一些專欄作家懷抱善意，卻喜歡沉溺在灑狗血的劇情中，長篇大論地描寫「前舞台劇演員兼配音員」，在目睹兒子殺死親生父親後的艱難處境。另外有一些賣廣告版面給「索拉布」的惡劣報紙，刊登了羞辱人的誹謗言論，勸讀者不要被我的眼淚愚弄，因為這不是意外，而是我們醞釀多年的謀殺計畫，還說我們之所以付諸行動，完全是因為等不及要把沒有孩子的傑姆的遺產弄到手。他們以我的紅頭髮來證明我的人格可議。根本不管當時帶槍到恩戈蘭，在井邊一時氣憤拔槍的人不是我兒子，而是他的父親……

手槍登記在傑姆名下，加上沒有證據證明我們這邊有預謀，法官在評估我兒子的清白時會將這些納入考量。這點我很確定。但是報紙當然都忽視這些事實。如今，我和兒子在伊斯坦堡的歷史上，將會留下「邪惡的紅髮母親與兒子出於貪婪，共謀殺害孩子父親」的惡名。我實在不忍去想。每次去錫利夫里監獄探視兒子，總會有一些粗魯莽撞的受刑人怒目瞪視著我，或是拿報上的謊言來譏諷嘲弄我，即便是比較幫忙的獄警，有時候看我的眼神也讓我想死。早期那些年間，老是聽到無恥的觀眾不停大喊：「脫掉！脫掉！」但現今這些目光與譴責比那些經歷還要令人難受百倍。我叫安維一五一十地寫下他如何誤殺父親。當他大聲念出來，法官一定別無選擇，只能以自衛為由，將他無罪釋放。但是要完整呈現這整件事，就必須從最早的源頭說起，也就是他父親去挖那口井的那年夏天，那麼我就有必要幫助他了解在那之前與之後發生的一切。各位現在拿在手上的文本正是這番努力的成果，我們將它呈上錫利夫里刑事法庭作為自衛的證供。這整篇敘述（不只是接下來幾頁）可以視為命案的調查報告，每件證據都受到也經得起法律的嚴密檢視。就如同索福克勒斯的《伊底帕斯王》。

那天，我以賽哈特的名字向所有人介紹我兒子，好讓他能較容易接近父親，殊不知這反而成為我們犯罪的證據。報上也刊登了一連串有關於父子關係訴訟的指控，全都毫無根據。不過以下各位將會看到完完整整、明白確實的敘述。那麼我就從前面落下的地方繼續說起了：

當我發覺兒子和他父親沒有回到宴會廳來，便急忙趕到井邊去。有幾名目擊證人也和我一起去了。

夜間警衛帶引我們來到舊的餐廳建築。當我們進到裡面，一隻又醜又不聽管束的雜種狗狂吠起來，好像不這麼叫便無法活命。我看見兒子獨自坐在地上，離敞開的井口約幾步遠，我立刻猜到發生了什麼事。我兒子意外殺死了父親。我跑到他身邊，緊緊摟住他，就像以前在舞台上一樣痛哭流涕。

但此時的痛苦哀悽遠比在舞台上複雜許多。我每發出一聲淒厲哭號，希望稍解悲苦之際，也意識到了為什麼連最蠻橫無禮的士兵、滿口下流髒話的醉漢，與最厚顏無恥的變態，一看到女人哭泣也總會禁聲：宇宙的邏輯取決於母親的淚水。這說明了我現在為何哭泣，我為了一切而哭，這麼做具有撫慰作用，因為這樣似乎能解放我的心思去想其他事情。

從宴會廳跟隨我前來的酒醉好事者，正試著想找到老闆的蹤跡，兒子才說傑姆先生（他沒有稱呼他父親）掉進井裡了。

索拉布的某個員工報了警。傑姆的妻子愛莎比警察先一步抵達，有人帶她到井邊來，而她也和其他所有人一樣，不肯相信丈夫會在那麼深的地下。我想擁抱她，就像一個女人向另一個女人釋出善意，我想和她一起哀悼死去的父親、哀悼殺死父親的兒子、哀悼我們的生命。可是他們不讓我接近她。

後來報紙用不祥的語氣描寫井的深度、混濁的井水與那種不真實感：那麼多年前，竟然有人僅憑一把鑿子和一支鶴嘴鋤，在地底下挖出這麼深的洞。他們開始談起宿命，雖然我不太相信，卻也喜歡這種想法。

兒子被捕後，我衷心希望能有機會和愛莎談談，安慰失去丈夫的她，也試著化解她對我們必然會有的恨意。我想告訴她，我們身為女人，無須對發生的事負責，因為神話與歷史已注定了這一切。但我能理解，她對報紙上每天的報導比對遠古神話和傳說更感興趣。令人沮喪的是我們發現，這些記者寫說我兒子為了財產殺死愛莎的丈夫，而我則是幕後主謀，這些八卦消息都是「索拉布」的員工提供的。

警方在井邊附近發現一個空彈殼，但卻不見手槍蹤影。一個已習慣博斯普魯斯海峽的深度與強力水流的潛水夫，身上綁了條繩子，進入那個泥濘洞穴，起出了傑姆慘不忍睹的屍體，才死了兩天便已面目全非。我兒子的父親於是接受了殘忍的驗屍程序，體內每個臟器都被取出解剖。由於肺部沒有發現骯髒井水，他顯然是在摔落前就已經死亡。

這次驗屍也找出了死因。第二天，法醫的判定遍布各報頭版：「他開槍射中父親的眼睛！」但沒有人寫到他們在井邊扭打，也無人提及兒子在法庭上供稱他只是為了自衛，在搶奪父親的手槍時，槍意外走火。

法官再次命潛水夫下水，這次他帶回了克勒克卡萊手槍。對我們有利的是槍登記在傑姆名下，而且根據彈道分析，射入他左眼的子彈來自手槍槍管。因此我們深信法官會判我兒子是出於自衛，不是蓄意殺人。在這起案中帶槍到井邊的，並非心懷怨懟的兒子，而是害怕自己孩子的父親。

找到武器之後，愛莎夫人與「索拉布」員工對我的態度有了轉變。當事實顯示我兒子並未計畫殺害父親，而且可能被無罪釋放（也因此終究可以繼承傑姆的資產，成為「索拉布」的最大股東），他們的敵意大大降低了。

我們第一次在索拉布辦公室會面時，我覺得愛莎的氣質雍容華貴。她相信那些小報上關於我的謠言嗎？我從她的眼神可以看出她在壓抑內心的痛苦與憤怒，以保持鎮定。很明顯地，她決定暫時埋藏起失去心愛丈夫的傷痛，勉強與我和平共處。

我盡力試著讓她安心：雖然我無法代替還在獄中等候判決結果的安維發言，但我可以向她保證，這個營建帝國是我兒子已故的父親畢生智慧與創意的結晶，我們母子倆都無意讓它解體，更無意棄數百名公司員工於不顧。事實上恰恰相反，我們希望「索拉布」能攀上更高峰。我告訴她，我認為「索拉布」是在三十年前，一九八六年，我兒子已故的父親開始與瑪穆特師傅挖井的那一天誕生的。

說出這難以啟口的一點後，我談起了那一年，瑪穆特師傅和孩子的父親先後來到道德故事劇場的黃色帳篷，僅相隔一天，而且兩人看了羅斯坦與索拉布的悲劇後都深受感動。因此當天晚上我流的淚和三十年後我在井邊流的淚，同樣是因為神話與人生之間不容改變的牽繫而有所關聯。

「人生依循著神話呀！妳不這麼認為嗎？」我感到震撼地說。

「是啊。」愛莎禮貌回應。

我可以感覺到她和「索拉布」的董事們都不打算與我母子二人為敵。

「別忘了，我們公司在恩戈蘭挖掘第一口井的時候，我人就在那裡。甚至索拉布這個名字也是取自我當時演出的劇末獨白。」

愛莎眨眨眼睛，彷彿想驅散對於自己剛剛聽到的話的懷疑。「索拉布」這個名字當然不是來自我的獨白，而是源自千年前費爾多西寫的《君王之書》。多年來，她一直和丈夫在研究「這些問題」（「殺子」或「弒父」等字眼，她說不出口），還在歐洲與世界各地的博物館，細細檢視過數不清的畫作與古代手稿。她望向「索拉布」總部的窗外，遊目於伊斯坦堡的摩天大樓與一望無際的屋頂與煙囪，接著開始敘述一些較幸福的往事，好像想證明什麼。她提到聖彼得堡的一間博物館、德黑蘭的一棟房屋，提到雅典，提到四散於廣闊地域中的神蹟、徵象與藝術品，雖然她的語氣難以捉摸，但回憶這些時刻的滿足愉悅卻清晰可見。這名女子是我兒子父親的伴侶，他們在一起過得很幸福。如今，因為一連串法律上的急劇變化，我兒子可能有機會取得公司的一大部分，而這間公司必然是他們胼手胝足共同建立的，因為是這個女人陪在我兒子的父親身旁，培育了「索拉布」並使其茁壯。

為了避免惹怒我、冒犯我獄中的兒子，或顯現出她有多厭惡我們，愛莎以小心謹慎的口吻，告訴我各位在本書中看到的故事，從最早她與丈夫在大學相識，並經常一起造訪第尼茲書店的時候開始說起。就近看著她說話，我清清楚楚感覺到她是在利用自己幸福的回憶對我強加某種報復。但我沒有受影響，仍謙恭地聆聽她講述，畢竟就某種程度而言，孩子和「索拉布」都屬於我。

後來幾次去錫利夫里探監時，我開始向兒子轉述我從愛莎那兒聽到的幾個故事。儘管離巴可克伊的家遙遠，要轉搭好幾趟巴士，我還是每次都克服萬難前來，同時捫心自問兒子被關在這裡是否有特殊意義；這座監獄離他父親與瑪穆特師傅挖井的地點僅僅只有五公里，而且讓主管與獄警們引以為傲，因為這裡不只是全土耳其，也是「全歐洲」最大的監獄。一通過大門，便進入了讓人團團轉的無止境的迷宮：金屬探測儀、每次搜身總會對我的紅髮挖苦一番的女警衛、等候室、開門關門、喀喇喀喇地開鎖上鎖、廳室與廊道，直到我失去所有的時間與空間感。在接見室的隔音玻璃後面等著兒子到來時，我會作起白日夢來，把其他受刑人誤認為他，並且在幾乎克制不住的憤怒中，要不是愈來愈想睡就是愈來愈焦躁，等到兒子終於出現，又會覺得玻璃後面那個人不是他，而是他死去的父親，不，是他死去的祖父。

如果律師剛好在場，我們會談論最新的案情進展、媒體上散播的荒謬言論，以及兒子在獄中可能遭遇的任何特殊問題。問題包括那些認為他為錢殺死父親的人會向他施暴、獄中伙食太差，以及聽說有新一波特赦，結果證實只是謠言，令人沮喪。安維會跟我們說一些悲慘的事，例如那些支持反抗運動的記者與庫德人，現在就關在策畫政變的將軍們以前住過的牢房，他也會叫我們再寫一封無用的陳情書，要求隱私、要求多一點放風時間，或是對不公的判決聲請再審。這一切總要花好長的時間，通常限定的時間都用完了，我們母子倆卻還沒機會私下交換一、兩句貼心話。

不過通常只有獄警在監視我們的談話。我會一面回想從愛莎那兒聽到的與在她提及的書中看到的故事，一面試著向兒子一一解釋，就好像這些都是我自己的念頭與幻想。安維不喜歡聽古代神話，因為會讓他想起自己的罪行，他也常常假裝聽不懂我想傳達的重點。我跟他說我曾有一次聽到瑪穆特師傅親口說這些故事，他並不相信，但還是靜靜聽了。因為真正重要的不是神話本身，而是我們一起待在這裡、面對面說話的事實。有時候我會說到一半中斷，沉思片刻，強忍住淚水，因為看到兒子變這麼胖，看到他逐漸顯現典型獄中犯人的模樣，不禁悲從中來。

最艱難的還是時間到了以後的離別。我多少還有辦法能離開接見室，但兒子卻無法說再見，就像小時候一樣，雖然當警衛提醒他時間到了，他會勇敢地起身，可是一想到要走出去就難以承受。他會站在門邊，無助地看著我離開，這時我會想起在他尚未入學前，他常常求我別留下他一個人，哪怕只是花五分鐘去一趟雜貨店也不例外。我會告訴他：「我很快就回來了。」但他從來不信。他會跟著我到門邊，拉著我的手臂和裙子哭喊著：「不要走。」怎麼也不肯放手，就好像深信只要我一走出家門，他便再也見不到我。

最令我們安慰的是，每個月的懇親會上，獄方允許囚犯與家屬有肢體上的接觸。整棟舍房的人都隨著這些會面調適心情，耐心等候著下一次，若是剛好有一次延期作為懲罰，就會情緒崩潰，而遇上宗教假期，政府下令增加會面次數，又會欣喜若狂。牢裡有許多左派份子與庫德族激進份子，因此我們不能帶任何食物、書籍和手機。不過我給舍房主管送了點小禮物，好不容易將兒子放在恩戈蘭的筆記本、筆和幾本他最喜愛的詩集，偷渡進去給他。我發覺寫作也許能有效療癒他的痛苦與憤怒，所以才建議他寫下自己的人生，如今已將近尾聲，甚或可以把整個故事寫成小說形式。每次的懇親會，我都一定會檢查他的進度。

在重刑犯舍的接見室裡，我倆會找一個隱密的角落互相擁抱，和那一大群一般的走私犯、殺人犯、持械搶劫犯、竊賊與詐欺犯坐得遠遠的。當我再次碰觸到兒子的那一刻，他臉上又會出現小時候我替他洗澡時的那種光彩。接著他會開始愉快地描述他的獄友、貪腐的舍房主管和他在裡頭目睹的所有骯髒事，最後又說他知道我絕對不會相信，但裡面的情況其實沒那麼糟。然後他會鼓足勇氣，為我朗讀一首他寫的詩，描述的也許是他牢房窗外的景象，也許是中庭上方的天空。

在真心讚賞兒子的詩作之後，我會將話題導回他非寫不可的書上面，不只是為了說服法官相信他的清白，也是為一般民眾作道德見證。我會告訴他我最新的想法，和他談伊底帕斯與索拉布（這兩本書在監獄圖書館都找不到，但我也設法夾帶了進去給他），以及他已故父親重要的德黑蘭之行，或是講述我在劇場的生活、我遇見他父親的那年夏天、我們以前在黃色帳篷的舞台上演的戲，還有我在每次表演結束前的獨白與其意涵。「我作的那些表演全都是為了最後那場獨白。」我目光熾熱地注視著兒子說道。

有時我們會默默坐著，互相凝視，彷彿第一次見面。我會從他的毛衣挑出一截線頭，摸摸他襯衫上一顆快要掉落的釦子，或是用手輕輕梳理他凌亂的頭髮。有好幾次我都想問他還記得多少童年的事、為什麼他老是這麼憤怒、為什麼要開槍射父親的眼睛、為什麼現在看起來這麼平靜等等，但最後總會克制住衝動，只是拉起他的手，撫摸他的手臂、肩膀、背部、頸子。而他也會將六十歲母親的雙手捧在手裡，如戀人般熱情親吻。

宰牲節的最後一天，我們再次同坐，先是凝視彼此的眼眸，然後默默無語地擁抱。那是個充滿陽光的秋日，他告訴我他終於要開始寫他的小說，解釋「一切」。他說他現在腦中的想法，多得有如牢房窗外夜空裡的星星。正如同那些星辰難以理解，他也同樣難以將情感化為文字。不過他會看其他的書尋找靈感。監獄的圖書館不能有政治書籍，但他找到了凡爾納的《地心探險記》、愛倫坡的短篇小說集、舊詩選輯與一本名叫《夢與人生》的文集。他要像父親年輕時一樣，把這些書都看完，一旦他了解到這些書如何影響父親，應該就能設身處地為他想了。他要我跟他說說父親的事。我興致高昂地回答他的問題，並欣喜地給他一個擁抱，擁抱之際我發覺他的脖子上還有他小時候的氣味，是一股混雜著普通香皂與餅乾的氣味，頓時陶醉不已。會面時間即將結束，我暗暗祈求上帝能在這個神聖的日子，在我們分別的時刻，撫慰我的兒子。

「我星期一就會再來。」我微笑著說，然後掏出重新黏好的那張羅賽蒂畫的紅髮女子圖片，交給了他。我對他說：「我好高興聽到你要開始寫你的小說了，親愛的孩子！寫完以後，你可以把這張圖片放在封面，說不定你甚至可以寫寫你美麗的母親的年輕時期。你看，這個女人和我有點像。當然了，你的小說要怎麼開頭你最清楚，但我認為應該要既真誠又神祕，就像我在表演結束時的那段獨白。你的小說應該要像真人真事一樣可信，還要像神話一樣讓人覺得熟悉。如此一來，不只是法官，每個人都會明白你想說什麼。別忘了，你父親也一直想當作家。」

二〇一五年一月至十二月

帕慕克年表

一九七九年	第一部作品《謝福得先生父子》（*Cevdet Bey ve Ogullari*）得到Milliyet小說首獎，隨即於一九八二年出版，一九八三年再度贏得Orhan Kemal小說獎。
一九八三年	出版第二本小說《寂靜的房子》（*Sessiz Ev*），並於一九八四年得到Madarali小說獎；一九九一年，這本小說再度得到歐洲發現獎（la Découverte Européenne），同年出版法文版。
一九八五年	出版第一本歷史小說《白色城堡》（*Beyaz Kale, The White Castle*），此書讓他享譽全球。紐約時報書評稱他：「一位新星正在東方誕生——土耳其作家奧罕·帕慕克。」這本書得到一九九〇年美國外國小說獨立獎。

一九九〇年	出版《黑色之書》（*Kara Kitap, The Black Book*）為其重要里程碑，此書使他在土耳其文學圈備受爭議，卻也同時廣受一般讀者喜愛。一九九二年，他以這本小說為藍本，完成Gizli Yuz的電影劇本，並受到土耳其導演Omer Kavur的青睞，改拍為電影。
一九九七年	《新人生》（*Yeni Hayat, The New Life*）的出版，在土耳其造成轟動，成為土耳其歷史上銷售速度最快的書籍。
一九九八年	《我的名字叫紅》（*Benim Adim Kirmizi, My Name Is Red*）出版，奠定他在國際文壇上的文學地位，並獲得二〇〇三年IMPAC都柏林文學獎（獎金高達十萬歐元，是全世界獎金最高的文學獎）。
二〇〇四年	出版《雪》（*Kar, Snow*），名列《紐約時報》十大好書。
二〇〇六年	獲諾貝爾文學獎。
二〇〇九年	出版《純真博物館》（*Masumiyet Müzesi, The Museum of Innocence*），為《紐約時報》「最值得關注作品」，西方媒體稱此書為「博斯普魯斯海峽之《蘿麗塔》」。於土耳其出版的兩天內，銷售破十萬冊。

二〇一〇年	獲「諾曼・米勒終身成就獎」。
二〇一四年	出版《我心中的陌生人》（*Kafamda Bir Tuhaflık, A Strangeness in My Mind*），榮獲二〇一六年俄羅斯Yasnaya Polyana文學獎外語文學獎、二〇一六年曼布克文學獎入圍、二〇一七年國際IMPAC都柏林文學獎決選。
二〇一六年	出版《紅髮女子》（*Kırmızı Saçlı Kadın, The Red-Haired Woman*），榮獲二〇一七年義大利蘭佩杜薩文學獎。

10
帕慕克
作品集
Orhan Pamuk

國家圖書館出版品預行編目資料

紅髮女子：諾貝爾文學獎得主帕慕克創作40年再現精湛小說技藝之最新力作／奧罕・帕慕克（Orhan Pamuk）著；顏湘如譯. -- 初版. -- 臺北市：麥田，城邦文化出版；家庭傳媒城邦分公司發行，2020.5
面；　公分. --（帕慕克作品集；10）
譯自：Kırmızı Saçlı Kadın (The Red-Haired Woman)
ISBN 978-986-344-762-7（平裝）

864.157　　109004831

紅髮女子

諾貝爾文學獎得主帕慕克創作40年再現精湛小說技藝之最新力作

原著書名・Kırmızı Saçlı Kadın (The Red-Haired Woman)
作者・奧罕・帕慕克 Orhan Pamuk
翻譯・顏湘如
封面設計・廖韡
責任編輯・徐凡

國際版權・吳玲緯
行銷・巫維珍、蘇莞婷、何維民、方億玲
業務・李再星、陳紫晴、陳美燕、馮逸華
副總編輯・巫維珍
編輯總監・劉麗真
總經理・陳逸瑛
發行人・凃玉雲
出版社・麥田出版
城邦文化事業股份有限公司
104台北市中山區民生東路二段141號5樓
電話：(02) 25007696　傳真：(02) 25001966
發行・英屬蓋曼群島商家庭傳媒股份有限公司城邦分公司
台北市中山區民生東路二段141號11樓
書虫客戶服務專線：(02) 25007718 ; 25007719
24小時傳真服務：(02) 25001990 ; 25001991
讀者服務信箱：service@readingclub.com.tw
劃撥帳號：19863813　戶名：書虫股份有限公司
香港發行所・城邦（香港）出版集團有限公司
香港灣仔駱克道193號東超商業中心1樓
電話：(852) 25086231　傳真：(852) 25789337
馬新發行所・城邦（馬新）出版集團【Cite (M) Sdn Bhd】
41-3, Jalan Radin Anum, Bandar Baru Sri Petaling, 57000 Kuala Lumpur, Malaysia.
電話：(603) 9056 3833　傳真：(603) 9057 6622
印刷・前進彩藝有限公司
初版一刷・2020年05月
定價・399元